KB237369

키스감옥

초판 1쇄 발행 2012년 12월 14일
초판 2쇄 발행 2013년 8월 28일

지은이 남상순
펴낸이 주일우
펴낸곳 (주)문학과지성사
등록번호 제1993-000098호
주소 121-840 서울 마포구 서교동 395-2
전화 02) 338-7224
팩스 02) 323-4180(편집), 02) 338-7221(영업)
전자우편 moonji@moonji.com
홈페이지 www.moonji.com

ⓒ 남상순, 2012. Printed in Seoul, Korea

ISBN 978-89-320-2372-4

키스감옥

남상순 장편소설

문학과지성사
2012

차례

아침에 걸려온 전화

아침에 눈뜨기 무섭게 태은이의 문자가 떠올랐다.

그 편지를 읽고 어떻게 답장을 안 할 수가 있어?

농담 반 진담 반이었고 '^^'가 있어야 할 곳에 얌전히 잘 붙어 있
었다. 하지만 좀 신경이 쓰여서 어제저녁 내내 방을 뒤졌다.
태은이 문자가 내 마음에서 이렇게 변환되어 반짝거렸다.
'어떻게 읽어보지도 않을 수가 있어?'
태은이는 지금 자기가 쓴 편지를 나와는 다른 각도에서 곱씹고
있는 것이다. 자세한 건 모르지만 진지한 내용이었던 모양이다. 속
마음을 털어놓은 것일 수도 있다. 내 입장에서는 아무렇게나 취급

한 게 걸린다. 건강이 좋지 않은 친구가 결석을 앞두고 썼던 편지가
아닌가. 아픈 친구를 대하는 데 있어 건성일 수는 있어도 그것을 들
키는 건 곤란하다. 의리 없는 인간으로 찍히기 때문이다. 내가 편지
를 읽어보지도 않았다는 것을 알면 태은이는 뭐라고 생각할까.

나는 이불을 푹 뒤집어썼다. 거실에서 들리는 전화벨 소리가 거
슬렸다.

편지는 끝내 찾을 수 없었다.

아마 버려졌을 것이다.

전화벨 소리는 계속 들렸다.

어쩔 수 없이 일어나 거실로 나갔다. 사기 전화나 광고 전화라면
가만 안 있겠다고 결심하고 수화기를 집어 들었다.

"여보세요?"

"공주니? 규원이 엄마야. 잘 지냈어?"

"어, 아……아줌마, 안녕하셨어요?"

나는 화들짝 놀라 꾸벅 절을 했으며 입가에 묻은 침을 닦았고 거
울도 없이 머리 모양을 가다듬느라 수선을 피웠다. 사실 화상 전화
도 아니니까 그럴 필요가 전혀 없는 일이었으나 규원이네와 관련된
일이기만 하면 어쩔 수 없이 좀 오버를 한다. 그나저나 일요일하고
도 이른 아침에 무슨 일로 전화를 하신 걸까.

"뭐 좀 물어볼 게 있어서. 통화 괜찮지?"

아줌마 목소리에서 애교가 흘러넘쳤다. 저절로 어깨가 으쓱해졌

다. 어린 나에게 다정하다 못해 애교스럽게 말한다는 것은 그만큼 내가 아줌마에게 의미 있는 존재라는 뜻이 아닐까. 나는 "그럼요" 하면서 긴장을 풀었다. 두리번두리번 집 안을 살피면서 소파에 걸터앉는데 부엌 쪽에서 물 끓는 소리가 들렸다. 최소한 반경 몇 미터 안에 엄마가 있다는 뜻이다.

아줌마가 용건을 시작했다.

"네가 이번에 내 책 보고 인물이 좀 억지스럽다고 했잖아. 거기에 관해 자세한 의견이 듣고 싶어서 전화했어. 말하자면 일종의 모니터링이야."

"그게 무슨 말씀이세요?"

나는 명랑하고 귀엽게 받아쳤다. 머릿속으로는 기억을 더듬었다. 최근에는 책 받은 거 없는데 싶었다. 게다가 인물이 억지스럽다니, 잘 보여도 시원찮을 마당에 설마 내가 그런 당돌한 말을 했으려고. 그때 수화기로 꼴깍 아줌마의 침 넘어가는 소리가 들렸는데 나의 예리하다 못해 무섭기까지 한 직감에 의하면 왠지 모르게 수상쩍었다. 아니나 다를까.

"그거 말이야, 이번에 새로 나온 『내 사과를 받아줘』 감상 평."

"아줌마 또 동화책 내셨어요? 와, 축하드려요."

뭔가 불안했지만 우선 그렇게 던져놓고 보았다. 아줌마 목소리가 코맹맹이 하이 톤으로 올라가기 시작했다.

"너 몰랐니?"

"네, 처음 듣는데요. 언제 나왔어요?"

"아유, 기막혀!"

헉! 기막히다는 말이 섭씨 200도쯤에서 펄펄 끓었다. 나는 하마터면 내 손에 들린 전화기를 뜨거운 감자처럼 내동댕이칠 뻔했다. 큰일 났다. 그런 감이 왔다. 하지만 아무리 뜨겁더라도 절대 놓치면 안 되는 물건이 있다. 지금 내 손에 들린 전화기가 그랬다. 나는 울상이 되어 조심스럽게 그것을 귀에 갖다 댔다.

"영주야."

"네."

결국 나는 오래 구운 감자가 되어 까맣게 탔다. 공주가 영주로 내려앉은 것은 충격적이다. 기분이 좋으면 공주라 부르다가 기분이 나빠지면 영주라는 본래 이름을 부르는 것은 나만 아는 아줌마의 습관이었다. 아줌마는 우리 엄마한테 섭섭한 게 생겨도 그렇게 불렀는데 그럴 때마다 나는 엄마가 미워서 견디기 힘들 정도다. 다행히 최근 몇 년 동안은 그런 일이 없었는데. 아니, 아줌마랑 나 사이에 절대 이런 일이 생기면 안 되는데.

"그럼 당연히 그 책을 읽지도 않았겠구나?"

"네, 죄송해요. 전 책이 나온 줄 몰랐어요."

"네가 죄송할 문제는 아닌 것 같구나. 너희 엄마하고 따져봐야 할 문제지. 암튼 알았다. 그만 끊어야겠다."

"어, 여보세요? 여, 여보세요?"

뚜뚜뚜……

전화기가 게임 오버라고 말하고 있었다. 나는 수화기를 내려놓고 잠시 멍 때리며 앉아 있었다. 왜들 이래? 난 아무 잘못도 하지 않았는데. 뭐 약간의 잘못은 있다. 태은이 편지를 읽지도 않고 버린 거. 몇 년 전까지만 해도 그냥 우리 곁에 있어주기만 해도 눈물 나게 고마운 친구였는데 요즘은 그저 밉다.

그런데 아줌마는 왜 난리야?

"엄마! 엄마!"

왜 일요일 아침부터 이와 같이 난데없는 벼락을 맞아야 하는지 나는 꼭 알고 싶었다. 그래서 마구 소리를 질러댔다. 잠시 후 엄마가 나타나기는 했지만 안방이나 화상실이 아니라 현관이었다. 손에 플라스틱 그릇을 들고 있는 것으로 보아 음식물 쓰레기를 버리고 온 모양이었다.

"엄마, 규원이네 아줌마가 책 줬어?"

"응, 왜?"

"그런데 나하테 왜 안 전해줬어?"

나는 와락 짜증부터 내면서 횡설수설했으나 곧 고개를 갸웃거렸다. 사실 뭐가 어떻게 된 일인지 내막조차 몰랐다.

"가만있어봐, 그러니까……"

엄마가 냄새 나는 음식물 쓰레기 그릇을 거실 바닥에 내려놓더니 통화 내용을 꼬치꼬치 파헤쳤다. 뭔가 걸리는 게 있었던 모양이다.

약 10분 후에 마침내 상황 정리가 되었다.

"큰일 났다!"

낭패감을 드러내며 엄마가 털썩 주저앉았다. 그러면서 하는 말이 이랬다.

"너한테 책 읽고 감상 평 좀 부탁한다기에 내가 대신 써 줬거든."

그것도 신문에 나온 어떤 영화 평을 눈치껏 따라 했단다. 맙소사! 나는 너무 기가 막혀 엄마를 향해 대포처럼 쏘아붙였다.

"엄마, 도대체 뭐야?"

엄마는 사인sign을 좋아한다

"몰라, 이제 나 어떡해."

선 채로 머리를 말리다가 나는 드라이어를 소파 위에 팽개쳤다. 내 기분을 엄마한테 확실히 전하고 싶었다. 사실 머리카락이 어느 정도 마르기는 했다.

"누나 진짜 이상한 거 알아?"

이럴 때면 꼭 나타나 염장을 지르는 게 내 동생 영찬이다. 오늘도 역시나 다르지 않다.

"내가 뭘?"

"누나가 좋아하는 건 규원이 형이잖아. 그런데 왜 규원이 형 아줌마한테 신경 쓰는데?"

"좋아하긴 누가 누굴 좋아한다고 난리야?"

나는 "꺼져!" 하면서 동생을 밀치고는 내 방으로 들어갔다. 영찬이는 내 뒤통수에 대고 "누난 자존심도 없어?"라며 안 해도 좋을 소리까지 얹었다. 나는 약이 오르고 짜증이 나서 학원 가방을 미리 챙겨 집을 나섰다. 약속 시간까지는 여유가 있었다. 다른 날 같았으면 엄마가 앞을 막으며 어디 가냐 꼬치꼬치 따져 물었을 테지만 오늘은 조용했다. 아마 안방 화장실 변기 위에 쭈그리고 앉아 "어떡하지?" 하면서 초조하게 시간을 재고 있지 않을까.

엘리베이터 안에 들어가 1층 버튼을 누르고 거울을 들여다보는데 눈물이 핑 돌았다. 자존심이라는 단어가 떠올랐다.

'자존심이 밥 먹여주나?'

나는 얼굴을 요리조리 돌려가면서 더욱 슬프게 보이도록 표정을 꾸몄다. 이렇게 예쁜 날 두고…… 아닌 게 아니라 거울 속의 그 애는 어느 먼 나라의 공주 같았다. 좀 슬퍼 보이는 게 문제지만. 사실 행복하기만 한 공주는 세상에 없다. 백설공주도 그렇고 피오나 공주도 그렇다. 하나같이 나쁜 마법에 걸렸거나 시험에 들어 있으므로 공주들은 언제나 눈물을 흘린다. 그러니 내가 생각해야 할 것은 마법을 푸는 방법이다. 자존심 같은 건 마법이 풀리고 난 뒤에 생각해도 늦지 않다. 태은이를 만나려는 것도 그래서다. 오늘은 어떻게든 결판을 지을 작정이다.

그때 태은이한테서 문자가 들어왔다.

아침에 일어나자마자 토했더니 우리 엄마 혼비백산⋯⋯
못 나갈 듯 ㅠㅠ 미안^^

뭐야, 진짜! 토했다고 하면 다야? 따져 묻고 염탐질해야 할 게 하나둘이 아니었다. 내게 주었던 편지 내용이 무엇이었는지도 살짝 떠볼 작정이었는데.

너무 허탈해서 다리 힘이 쫙 풀렸다. 왠지 모르게 변명 같다. 미심쩍은 데가 있었다. 다시 학교에 나온 이후에는 혈색도 좋고 쾌활했으며 밥도 잘 먹었는데. 괴롭히는 말이라도 날리려고 메시지 창을 여는데 난데없이 "그 편지를 읽고 어떻게 답장을 안 할 수가 있어?"라는 문구가 떠올랐고, 왠지 모르게 행동을 제지당하는 느낌을 받았다. 하긴⋯⋯ 토했다는 데야 도리가 없다. 얄밉고 괘씸해도 참아야 한다. 젠장!

그나저나 큰일이다. 학원 시간 되려면 멀었는데.

꼬르륵.

배에서 거지가 울었다. 배고픈 공주라니, 제닌이 맞이 아니다. 원래 일요일에는 아침을 잘 안 먹지만 오늘은 신경을 너무 많이 썼나 보다. 그렇지만 밥을 먹고 나올걸 잘못했다는 생각은 들지 않았다. 집에 도로 들어갈 마음은 더더욱 없다. 엄마는 해도 너무했다. 내가 이렇게 기막히는데 아줌마는 오죽할까. 내가 엄마 딸이라는 게 약간 창피할 정도다.

"이렇게 될 줄 누가 알았다니?"

엄청난 사고를 치고 난 사람의 변명치고는 너무 단순했지만 엄마 표정 속에 웅크리고 있는 공포심을 보아버린 참이라 더 이상 뭐라고 따지기는 힘들었다. 옳든 그르든, 유치하든 위대하든, 가족이란 결국 동일한 목표를 향해 매진하는 운명의 공동체라는 걸 나도 알 만한 나이가 되었다. 궁지에 몰린 것으로 치면 나보다는 엄마가 더하다. 엄마에게 규원이네 엄마가 어떤 존재인가. 소심하여 남 앞에 나서서 말 한마디 할 줄 모르던 엄마를 다른 엄마들 틈에 끼워준 사람이 바로 규원이 엄마가 아니던가.

내가 고1이 되어 순전히 얼굴 때문에 반장이 되었을 때 엄마는 이렇게 하소연했다.

"이건 내 인생 최대의 위기다."

아니나 다를까. 반장 엄마 모임인 학교운영위원회에 나갔더니 한 학급당 할당된 금액이 380만 원이었다고 한다. 화장실 청소 용역 주고 여러 가지 학교 행사 챙기려면 그 정도는 거둬야 한다는 거였다. 엄마는 원래 돈 거두는 일 같은 것을 몹시 두려워해서 동네 반장도 안 하던 사람이었다. 하지만 딸은 반장이 되었고 당장 마련하지 않으면 안 될 금액을 할당받았다. 그날 저녁 엄마는 누가 네 맘대로 반장을 하랬냐며 한바탕 난리를 피우더니 머리를 싸매고 드러누웠다.

그때 우리 집으로 직접 찾아와 돈 거두는 방법을 일러주고 용기를 준 사람이 바로 규원이 엄마였다. 화장실 청소 용역이 그렇게 나쁜 것은 아니라는 취지의 말은 내가 듣기에도 설득력이 있었다. 특히 여학생들에게 화장실은 일종의 특별한 문화를 나누는 장소인데 아이들이 대충 청소해서 역한 냄새를 풍기느니 용역을 주면 화장실도 깨끗하고 사회적으로는 고용 효과도 생기므로 두루두루 좋다는 것이었다. 그러고 나서 학급 아이들 엄마 몇몇을 지목해 문자를 날려준 다음 답장이 도착하면 고맙다고 받아주었다. '참교육학부모회'에서 활동한 적이 있었지만 아줌마 역시 20만 원을 냈다.

"나 때문에 자기가 오랫동안 지켜온 신념을 배신했네, 어떡하면 좋아."

엄마는 죽는소리로 엄살을 부렸다. 아줌마가 믿고 있는 옛날식 신념에 의하면 그런 일에 맞닥뜨렸을 때 고소 고발을 하거나 최소한 언론에 알리려는 태도를 보이는 게 정석이었다. 아줌마는 이렇게 말했다.

"내가 안 도왔으면 자기는 자기 돈으로 그냥 삼백팔십만 원 물어냈을 거잖아, 안 그래?"

"그랬겠지, 내가 할 수 있는 건 그것뿐이니까."

엄마는 전화 돌리는 게 거북해서가 아니라 생돈을 물어내는 게 억울해서 드러누웠던 거다. 그러느라 아줌마가 그날 하룻저녁을 고스란히 우리 집에서 보냈던 게 불과 얼마 전의 일이었다. 그런 아줌마가 책 모니터링 좀 하겠다는 것을 엄마는 보기 좋게 따돌리면서 오랜 우정에 배신을 때렸다. 이유는 뻔하다. 나는 고1이고 공부해야 하는데 동화나 청소년 소설을 읽고 감상을 말해달라고 하니 엄마로서는 받아들이기 힘들었던 거다.

그렇다면 엄마는 아줌마가 쓴 책을 무시하거나 쓸모없다고 여기는가. 그건 콕 찍어 한마디로 말하기 어렵다. 평소에 적십자 비도 아까워 벌벌 떠는 엄마가 책이 나오면 비싼 밥을 사주면서 축하도 하고 어떻게든 사인을 받아낸다. 그렇게 해서 받은 책이 열 권도 넘는다. 내가 알기로 그 책의 용도는 딱 하나다. 제사가 있거나 집안 행사가 닥치면 큰집에 가져가 할머니와 큰엄마, 작은엄마 들 앞에서 자랑을 늘어놓기 위해서이다.

"내 친구가 작가예요."

그걸 그냥 내놓는 게 어색하다고 판단되면 괜히 우리를 부추겨 남 앞에서 뒤적이게 만든다. 큰엄마나 작은엄마가 다가와 "뭔데 그렇게 열심히 읽어?" 하면서 관심을 드러낼 때까지 말이다.

하지만 거기까지다. 엄마는 결코 그 책을 읽지 않고 나나 영찬이한테도 진심으로 권하지 않는다. 중고딩 때의 책 읽기는 굳이 안 해도 되는 예외적인 놀이인 것이다. 엄마는 아줌마의 사인은 원하지만 아줌마의 책은 별로다. 그뿐이 아니다. 내가 볼 때 엄마는 아줌마와 친하게 지내는 것처럼 보이지만 결코 규원이네 엄마를 좋아하는 게 아니다. 엄마가 사랑하는 것은 펜으로 갈겨쓴 멋들어진 사인뿐이다. 아줌마가 오래 공들여 쓴 책과 아줌마라는 인간을 뺀,

빈 껍질뿐인 그 사인 말이다. 그것이 열일곱의 내가 새삼 알아버린 인생의 비밀 중 하나이고 또한 내가 규원이에게 신경을 곤두세우는 이유와도 닿아 있다.

규원이는 나를 자신의 여친이라고 말은 하지만 진짜 좋아하는 게 아니다. 툭 하면 문자를 씹고 만나자고 하면 언제나 하는 대답이 이렇다.

"학교에서 보면 되는데 뭐 하러?"

아우 열 받아! 그럴 거면 허구한 날 영양제만 맞아도 사는데 밥은 왜 먹고 사나. 아니, 어디로 어떻게 가든 대학만 가면 되는데 학교는 뭐 하러 다니나? 나는 남들에게 규원이의 여친이라는 것을 인정받는 정도로는 만족이 안 된다. 그보다는 규원이와 날마다 알콩달콩 재미있게 지냈으면 한다. 나는 규원이가 나에게 안달복달 했으면 좋겠다.

공주를 구합니다

김밥천국에 들어가 야채 김밥을 두 줄이나 먹었는데도 시간은 겨우 몇십 분 지났을 뿐이다. 학원 수업이 시작되려면 한 시간도 더 있어야 했으므로 나는 절친 용미에게 문자를 보냈다.

김천으로 후딱 나와라

머리 감아야 한다는 답이 도착했다. 김이 팍 샜다. 그냥 친한 경미에게 연락했더니 아예 답이 없었다. 규원이한테 문자나 전화할 엄두는 나지 않았다.

그러다가 어쩔 수 없이 태은이의 얼굴을 떠올렸고 태은이 얼굴이 떠오르자 '베프'라는 가시 돋친 단어가 연상되었다. 생일날 태은이가 반 아이들에게 받은 상자를 같이 풀어봤는데 규원이의 쪽지도 들어 있었다. 첫 구절은 이렇게 시작되었다.

　나의 베프 태은이에게

다음 구절은 더 가관이었다.

　네 이름을 떠올릴 때마다 삶이 새삼 경건해지는 걸 느껴……

　그걸 내 눈으로 직접 확인했을 때의 기분을 뭐라고 말하면 좋을까. 그러니 내가 태은이가 준 편지를 읽을 기분이 났겠는가. 버리듯이 아무렇게나 던져버린 건 당연한 게 아닐까. 베프니, 삶이 경건해진다느니 하는 돼먹지 않은 소리, 규원이가 나한테는 결코 해준 적 없는 말이다. 헤픈 자식 같으니라고!

　물론 반 애들이 모두 태은이한테 사탕이며 초콜릿과 쪽지를 보냈고 그 여우한테 홀린 몇몇 애들은 베프라는 단어를 다섯 번 이상씩 사용했다. 그러니 규원이가 베프라고 적었다 해도 큰 의미가 없을 거라는 것은 안다. 문제는 내 마음은 알아주지도 않고 섭섭하게 만들면서 다른 애들한테는 무지 잘한다는 점이다. 나는 규원이가 어떤 의도로 그런 단어를 쪽지에 적었는지 알고 싶다. 만약 지나치게 차분해서 좀 우울해 보이기까지 하는 계집애가 좋아진 거라면 나는 정말이지 가만있지 않을 테다.

태은이 고것, 오늘 토했다는 것도 분명 핑계일 거다. 하지만 그걸 뻔히 짐작하면서도 문제 삼기 어렵다는 게 태은이에 대한 나의 딜레마다. 어쩌면 내가 단단히 벼르고 있다는 것을 태은이는 눈치채고도 남았을 거다.

경고성 멘트 하나 날릴까.

마음으로 갈등에 갈등을 거듭하지만 나는 결국 참는 쪽을 택한다. 희귀병에 걸려 수술을 두 번이나 받은 아이를 상대로 질투하는 거, 그런 걸 밖으로 드러낸다는 건 찐따들이나 하는 짓. 채신없는 짓을 자꾸 하면 무너지는 건 품위다. 품위 없는 송영주, 생각하기 싫다.

김밥천국을 나와 맥도날드로 가서 구석 자리를 차지했다. 손님이 거의 없었지만 안 시킨다고 해서 눈치 볼 필요는 없다. 용미에게 내가 있는 곳을 알리고 스마트폰으로 기사 검색을 시작했다. 그런데 누군가의 다리가 내 앞으로 다가와 멈추어 서는 게 보였다. 잘 빠져서 미웠다. 잠시 후에는 두 사람의 다리가 내 앞에 서 있었다. 둘 다 교복 치마를 한껏 추켜올려 날씬한 다리를 과시하고 있다. 누가 감히 내 앞에서, 하고 고개를 들었더니 중딩으로 보이는 여자애들이 같은 곳을 쳐다보고 있었다. 궁금해서 나도 눈을 그쪽으로 돌렸다. 벽보였다. 성남아트센터에서 붙인 클래식 연주회나 물 건너 온 오페라 따위라 생각하면서 눈길을 거두었다. 그런 시시한

벽보는 1초도 쳐다보기 싫다. 버스 창문에도 가끔 그런 게 붙어 있었는데 그럴 때마다 나는 시각 장애가 올 것 같은 기분에 시달렸다.

어?

휙, 하고 스치는 동안 내 눈이 내가 보지 못한 무언가를 본 모양이다. 벽보를 다시 살폈더니 대번에 이런 제목이 눈에 들어왔다.

공주를 구합니다

허걱! 내 눈이 본 것은 분명히 공주라는 단어였을 것이다. 내가 나쁜 마법에 빠져 있다는 것을 어떻게 알고 구한다는 거지? 나는 벽보를 자세히 보기 위해 자리에서 일어섰다. 눈치 빠른 사람이라면 공주를 구한다는 벽보와 그 옆에 서 있는 나를 어느 정도 연관시키지 않을까. 그때 착각하지 말라는 듯 매운 손바닥 하나가 내 등을 철썩 후려쳤다.

"야!"

용미였다. 나는 못 보던 검정색 키디건이 예쁘다는 생각을 하면서 얼른 자리에 주저앉았다. 새로 샀냐고 물어볼 참인데 용미가 맞은편 의자에 앉으면서 숨을 헐떡거렸다.

"너 그거 봤어? 공주 구한다는 포스터?"

나는 말없이 손가락으로 벽보를 가리켰다. 중딩 여자애들이 가다가 뒤돌아보더니 뭐라고 저희끼리 수군거렸다.

"야, 대박이지 않니?"

"네가 왜?"

나는 핀잔을 주면서 용미를 째려보았다. 공주를 구하는데 공주하고 아무 상관도 없는 애가 왜 흥분하고 난리인가.

"탄천에서 놋다리밟기를 한대. 공주가 사람들을 밟고 지나가고. 진짜 죽일 것 같지 않냐?"

우리는 나란히 서서 벽보를 자세히 읽었다. 벽보를 붙인 것은 성남시였다. 누군지 문장력 없는 사람이 작성해서 장황하게 읽혔지만 요약하면 다음과 같다.

제5회 탄천페스티벌 행사를 위해 공주 1명과 시녀 6명을 뽑습니다. 성남시의 문화적 도약을 위해 기꺼이 허리를 내어줄 돌다리 소녀단도 모집합니다. 14세 이상 19세 이하의 여성이면 누구나 지원 가능합니다.

나의 눈을 확 잡아끈 것은 구하려는 공주와 공주의 나이가 아니라 컬러풀한 배경 사진이었다. 화려한 비녀와 구슬로 장식된 족두리를 쓰고 머리카락을 귀족적으로 틀어 올린 공주가 시녀들의 부축을 받으며 사람들의 등을 밟고 지나갔다. 내 마음 안에서 우당탕탕 소란이 일어나더니 반짝, 하고 전깃불이 켜졌다. 그것은 몇 날 며칠 밤만 계속되다가 태양이 떠올랐을 때의 기분과 비슷할 것이다.

나는 알았다. 오늘이라는 시간이 도대체 왜 내 앞에 있게 된 것인지를. 규원이는 내 남친이 분명한데 나보다는 태은이한테 더 신경 쓴다. 그때마다 나는 내게 부족한 게 무얼까 고민한다. 예쁘다는 건 불행히도 나만의 고유한 수식어가 아니다. 그건 그냥 기본적인 것에 해당한다. 얼굴만 멀쩡했지 도대체 내가 무어란 말인가. 그런데 바로 이거라는 생각이 든다. 나만을 지칭하는 수식어, 놋다리 공주! 나는 후다닥 자리에 앉으며 스마트폰을 켰다. 검색창에 '놋다리밟기'를 치고 결과가 뜨기를 기다리는데 내 앞에서 나와 똑같은 짓을 하고 있는 용미를 보자 괜스레 배알이 꼬였다.

"야, 넌 왜?"

그런데 바로 그 순간 휴대폰에 검색 사이트 사전의 본문이 떴다. 나는 "지가 어딜!" 하고 쫑알거렸으나 곧 코를 박고 내용을 소리 내어 읽기 시작했다.

놋다리밟기는 공주를 뽑아 여자들로만 이루어진 인간 다리를 건너가게 하는 놀이다. 고려 공민왕이 공주와 함께 안동 지방에 피난하였을 때, 개울을 건너야 하자 마을의 소녀들이 나와 등을 굽혔다는 일화에서 유래되었다. 공주는 인간 다리를 밟고 지나갔다고 한다.

놋다리밟기는 정초에 시작되어 상원 밤에 절정에 이르는데 상원 밤 젊은 여인들이 노래를 부르면 마을 아녀자들이 하나 둘 모여들고 마침내 본격적인 놀이판이 벌어진다. 우선 공주를 뽑는다. 뽑히지 않은 여자들은 일렬로 늘어서 상체를 굽힌 뒤 앞 사람의 허리를 끌어안는다. 공주는 그들의 등을 밟으며 지나가는데, 노랫소리에 맞춰 천천히 진행된다. 이때 시녀 역할의 여자들은 공주가 넘어지지 않도록 양쪽에서 손을 잡아 이끈다. 공주가 지나간 사람은 다시 앞으로 가서 새로운 다리를 만듦으로써 다리의 맥이 끊어지지 않도록 한다. 이따금 다른 놋다리 패를 만나기도 하는데 이때는 길을 비켜주거나 어울리기도 하면서 밤새도록 논다.

읽다 보니 용미도 그걸 소리 내어 중얼거리고 있었다. 뭐라고 한마디 쏘아 기를 죽이고 싶다는 생각이 더는 들지 않았다. 뭐랄까. 왠지 모르게 나는 이미 뭔가를 이룬 듯한 느낌이었다. 희망이 보였고 가슴이 벅찼다. 드디어 마법을 풀 열쇠를 찾았다. 그래서 너그러워졌다.

그 뒤로도 많은 내용이 이어졌다. 그날 금남의 구역을 얼씬거리는 남성이 있으면 혼을 내어 쫓아버리거나 뺨을 때려도 무방하다고 적혀 있었다. 조선 시대의 엄격한 사회제도에서 여자가 남자를 쫓아내고 놀이를 즐겼으니 아마 여자들이 해방되는 날이었을 거다.

하지만 역시 내 마음을 심하게 건드린 것은 공주가 '마을 소녀들의 등을 밟고 지나간다'는 그 대목이었다. 상상만 해도 기분 짱일 것 같다. 지금까지 17년을 살면서 나의 우월한 외모를 과시할 기회가 한 번이라도 있었던가. 누군가는 이렇게 생각할는지도 모른다.

얼굴이 생겼으면 그냥 두어도 배부르지 않냐고. 난 아니다. 내 우월한 얼굴이 부각되는 일이 늘 일어났으면 좋겠다. 하지만 학교에서 요구하는 것은 공부, 오직 공부뿐이다. 공부라는 기준에서 보면 나의 가치는 그저 그런 중간급이다. 나는 거울을 볼 때마다 생각한다.

아깝다!

보면 볼수록 가만히 살기에는 너무 아까운 얼굴이다. 그런데 놋다리 공주가 되면 그냥 예쁘기만 하던 애를 넘어서게 된다. 거의 진짜에 가까운 공주가 되는 것이다. 그렇게 되면 내 옆으로 남자애들이 몰려들 게 뻔한데, 과연 규원이 제가 질투하지 않고 배겨낼 수 있을까. 더구나 나는 평생 '공주'라는 애칭으로 불리게 될 거다.
　나서기만 하면 나는 내가 당연히 공주에 뽑힐 거라고 여겼다. 규모가 전국이라면 몰라도 성남시라면 자신 있다. 내가 아는 한 성남에 나보다 예쁜 애는 없다.
　그때였다. 에이, 하면서 용미가 스마트폰을 탁사 위로 휙 내려놓았다. 몹시 실망한 표정이었다. 나는 그 또한 당연하다고 봤다.
　"아무리 봐도 네가 끼어들 데라곤 허리 굽히는 소녀 역밖에 없지?"
　"미쳤냐? 내가 그런 걸 하게?"
　용미가 정색을 한다. 아마 다른 걸 꿈꾸었나 보다. 헐!
　"하긴 누구나 공주가 되고 싶겠지."

성격은 못 속이는지 마음을 좋게 먹었음에도 불구하고 나는 용미 약을 살살 올리고 있었다. 하지만 용미도 만만치 않았다. 어느새 뺨을 치듯 이렇게 역공해오는 게 아닌가.

"너도 꿈 깨라."

"왜?"

나는 어깨를 추켜올리면서 심하게 오버했다. 너는 그렇지만 나는 아닐걸, 그런 의미였다. 그런데 용미의 다음과 같은 지적에는 화르락 놀라며 바투 다가앉지 않을 수 없었다.

"넌 키가 너무 커. 몸무게도 장난 아니지? 그런 애가 누구 등을 타려고?"

"키 큰 게 무슨 죄냐? 그리고 내가 몸무게가 나가면 얼마나 나간다고."

나는 거의 울 것 같은 심정으로 꿍얼거렸다. 용미는, 이런 데 필요한 공주는 말만 한 미스코리아형이 아니라 작은 아담 사이즈여야 한다고 못을 박았다. 키 크고 덩치 있는 소는 저만치 떨어져서 물이나 마시라나. 게다가 거기서 끝내지 않고 이루 말할 수 없는 구박을 하면서 나를 좌절시키려는 게 아닌가.

"넌 왜 그렇게 상상력이 부족하냐. 글자를 읽을 때는 행간에도 주의를 기울여야지. 생각을 하면서 읽으란 말이야. 공주도 그때그때 상황에 따라 용도가 다른 거야. 얼굴만 예쁘다고 무조건 공주가 되는 건 아니야."

그렇다고 풀 죽을 나는 아니었다. 키가 크면 내가 얼마나 크다고. 겨우 170센티미터밖에 안 되는구만. 하지만 확실히 당황스럽긴 했다. 특히 용미가 쉬운 애가 아닐뿐더러 나보다 똘똘하다고 느낄 때면 나도 모르게 입이 벌어졌다. 사실은 그래서 더 같이 다니기는 한다. 용미와 사소한 걸 가지고 티격태격하다 보면 왠지 모르게 스트레스가 풀리는 것 같았다. 이렇게 맘대로 좌지우지 안 될 때는 미워지기도 하지만. 내가 속으로 감탄한다는 것을 어떻게 알았는지 용미는 한술 더 떴다.

"사실은 이 공고 자체가 말이 안 되는 거야."

"어째서?"

"공주하고 시녀는 그렇다 쳐. 옷이 좋으니까. 하지만 누가 소녀 역할을 하냐고."

"소녀 역할?"

"그래, 소녀들이 있어야 공주가 있는 거지."

"그거야, 성남시에서 학교로 공문을 보내고 해서 동원을 해야지."

"동원? 불철주야 입시에 매진하는 학생들을 동원한다고? 여기가 북한이냐?"

"그럼 어떡해. 우리 전통문화를 위해서라면 다 같이 힘을 합쳐 그 정도는 감수해야지. 이건 즐거운 놀이잖아. 놀기 위해 그까짓 허리 좀 굽히는 게 뭐가 어떻다고."

내 생각에도 내 말에 일리가 있는 것 같지는 않았다. 그래서 나도 모르게 목소리가 기어 들어갔다. 용미는 정 그러고 싶다면 돈을 주고 알바를 사야지, 라고 말했다. 우리나라는 이미 동원이 불가능한 사회로 넘어갔다는 식의 기막힌 분석은 저 머리의 어디에서 나온 걸까. 1970년대에는 새마을운동 한답시고 코흘리개 애들까지 동원에 나섰다던데 이제 다시는 그러기 힘들어진 걸까. 대가를 돈으로 환산하지 않으면 문화 행사도 불가능한 사회가 되어버렸나. 그렇게 의기소침한 나에게 용미는 마무리 소금을 확 뿌렸다.

"요즘 세상에 공주 지나간다고 애들한테 엎드리라고 해봐. 인권 침해 어쩌고 하면서 인터넷이고 뭐고 난리 날걸. 학부모 항의도 장난 아닐 거고. 그러니 이건 물 건너간 얘기야."

"아, 씨이!"

"어떤 공무원인지 이런 비현실적인 거나 생각해내고 진짜 한심하다, 얘."

그러면서 용미는 "학원 시간 늦겠다, 가자" 하면서 몸을 일으켰다. 나는 입을 삐죽이 내민 채 느릿느릿 일어났다. 일어나면서 알게 된 것은 친구 약 올리려다 내가 바싹 약 오른 꼴이 되어버렸다는 사실이다. 젠장!

알사탕 유감

'진짜 폼 나는 일이었는데.'

월요일에 학교를 가면서도 나는 놋다리밟기에 대한 생각에 잠겨 있었다. 마지막 횡단보도 앞에서 규원이랑 마주쳤을 때 나는 깜짝 놀랐다. 꿈속에 있다가 현실로 돌아온 기분이었다. 번쩍, 하고 아줌마 얼굴이 떠올랐던 것이다.

"무슨 생각을 하느라고 불러도 대답이 없냐?"

"미안. 못 들었어."

그러면서 획, 하고 규원이 눈치를 봤다. 우리 엄마가 아줌마한테 한 실수를 알고 있는 표정은 아니었다. 하긴, 규원이가 원래 그렇기는 하다. 흥분도 없고 우울도 없다. 감정의 폭이 언제나 한결같고 눈빛도 비슷하다. 가끔 그런 애가 왜 좋은지 나도 내가 잘 이해

되지 않는다. 그때 규원이의 오른쪽 볼이 불룩해진 것이 눈에 띄었다. 단박에 나도 똑같이 되고 싶다는 충동이 밀려와 손을 쑥 내밀었다.

"사탕, 나도 줘."

"없는데."

그러면서 별로 신경도 쓰지 않았다. 쩔쩔매면서 미안해해도 시원찮을 마당에. 하지만 어쩌랴. 나는 입맛을 다시면서 부끄러운 손을 거두어들이는 동시에 게걸음으로 다가가 온몸으로 규원이를 떠밀었다. 씨이, 하고 골을 내면서.

"아줌마한테 무슨 얘기 못 들었어?"

"무슨 얘기?"

"뭐 그냥. 너 영어 에세이는 써 왔어?"

나는 얼른 말을 돌렸다.

"아니, 프린터도 고장 나고 해서."

"우리 집에 와서 뽑으면 되는데 왜?"

"그럴 걸 그랬나?"

"오늘까진데 어쩌려고?"

"다음 시간까지 하면 되지 뭐."

"그래."

그러는 사이 학교에 도착했고 우리는 가방을 멘 채 각자 화장실에 들렀다. 나는 볼일을 보면서 계속 투덜거렸다.

"하여간 무슨 남자애가 재미가 없어요, 재미가!"

일을 다 보고 뒷문을 통해 교실로 들어가다가 미치고 팔짝 뛸 만한 광경을 목격했다. 규원이가 태은이 책상 옆을 지나가면서 그냥 지나가지 않았던 것이다. 슬그머니 책상 위에 내려놓고 간 것, 그건 분명히 봉지에 싸인 알사탕이었다.

하지만 나는 결코 미치고 팔짝 뛰지 않았다. 그러기는커녕 아무 것도 못 본 척 얼른 몸을 한 바퀴 돌려 내 의자 위로 무사히 착륙했다. 내 자리가 뒷문 가까이 있었던 건 얼마나 다행인가. 나는 가방을 무릎 위에 올려놓고 수선스럽게 안을 뒤졌다. 그러느라 태은이가 그 알사탕을 언제 어떤 표정으로 주머니에 챙겨 넣었는지, 아니면 냉큼 입안으로 까 넣었는지, 보지 못했다. 그걸 결코 알고 싶지 않았던 나의 가슴은 벌렁벌렁 죽겠다며 비명을 질러대고 있었다. 아우! 바람피운 남친을 현장에서 잡을 수 있었는데 왜 그랬을까.

그러다가 내 책상 위에도 알사탕 하나가 똑같이 놓여 있는 것을 발견했다. 규원이는 뒤돌아보지 않았다. 나는 더 볼 게 없다는 듯이 알사탕을 바닥에다 팽개쳤다. 사탕은 뚜르르 굴러가 우리 반에서 제일 더러운 놈인 방식이 운동화 앞에서 멈추었다. 얼굴이 확 찡그려졌다. 다시 주워 올 수도 없게 된 거다.

그 뒤로 시간이 어떻게 지나갔는지 기억나지 않는다. 점심시간에 규원이가 다가와 어제 윤리 필기한 걸 보여달라기에 "내가 왜?" 하면서 돌아서버렸다. 그랬는데 왜 그러냐고 묻지도 않았다. 5교시 자습 시간에는 애들이 떠들든 말든 고개 들기도 귀찮았다. 가끔 드는 생각은 오직 하나, 규원이 녀석을 어디로 데리고 가서 박살을 내나,였다. 나는 내 성격을 잘 알고 있다. 가만있지 않을 것이고 아마도 오늘 안으로 끝장을 볼 것이다.

종례 시간이었다.

담임이 교실로 들어오자마자 말했다.

"이게 뭔지 알아?"

나는 고개를 들지 않았다. 그런데 대체로 조용히 퍼질러져 있던 애들이 갑자기 와와 함성 소리를 냈다.

"그래, 다들 알고 있는 모양이구나. 이 포스터를 교실로 가지고 온 선생님은 우리 학교에서 나 혼자다. 왠지 그 이유를 추론할 수 있는 사람?"

내가 고개를 들자마자 곧 놀라운 일이 벌어졌다. 애들이 한꺼번에, 정말 약속이라도 한 것처럼 나를 쳐다보면서 손가락으로 지목하는 게 아닌가. 입으로는 합창하듯이 "소꼼!"이라고 외쳐대면서. 소꼼은 우리 반 애들이 나를 부르는 별명이다. 그 별명을 퍼뜨린 애가 태은이라는 사실은 얼마나 공교로운가. 별 뜻은 아니다. 그냥 내가 자꾸 계획을 짜서 발표하니까 그러지 말라고 붙인 이름이다. 태은이가 만든 것은 '꼼수'에다가 성을 붙인 '송꼼수'였으나 '송꼼' 으로 바뀌는가 싶더니 어느 결엔가 '소꼼'이 되었다. 그렇다. 나는 얼굴 때문에 반장이 된 게 아니라 계획이 많아 반장이 되었다.

그때 찰칵, 하더니 플래시가 터졌다. 규원이의 카메라가 향하고 있는 것은 선생님이 들고 와 펼친 놋다리밟기 포스터였다. 그 포스터 때문에 애들이 함성을 지른 것이고 그 함성으로 인해 애들과 나는(심지어는 태은이조차) 하나가 되었다. 마치 경기장에서 같은 편을 응원할 때처럼. 나는 실연의 위기도 잊고 내 볼을 꼬집어보았다. 혹시 교실에서 침 흘리며 잠자는 중에 벌어진 일이라면 너무 망측할 것 같다. 아무리 그래도 우리 반 반장인데. 하지만 히죽히죽 내 입에서 웃음이 비어져 나오는 걸 어떻게 하기는 어려웠다. 담임이 우리 학교의 명예를 위해 아니, 우리 반의 자랑스러움을 위해 거기에 나가라고 하는 건 아닐까. 내 안에서 순식간에 행복 지수가 높아졌다.

"그래, 맞아. 교감 선생님한테 자료를 받으면서 나는 우리 반에 해당사항 있음,이라고 표시했다. 그게 무슨 소리인지 다 감을 잡고 있다고 본다, 아마도!"

"뭔데요?"

"뭘 것 같아?"

"선생니임!"

"오늘 오전 우리 학교의 방침이 정해졌다. 우리 학교 학생은 그 누구도 여기에 관심을 가져서는 안 된다는 교장 선생님의 특별 지령이 떨어졌다. 공주는 물론 시녀도, 소녀도. 내가 이걸 굳이 공개적으로 말하는 이유를 알아듣겠니?"

“뭔데요?”

고맙기 짝이 없게도 1분단에서 당연한 반응이 나와주어 나의 수고는 조금 덜어졌다. 정말 말도 안 되는 방침이었다. 옛날에는 이런 경우 학교에서 강제 동원을 시행했다면 요즘 학교는 자기들이 앞장서 반대한다. 입시 준비라는 명목하에. 어른들은 이런 걸 격세지감이라고 할걸, 아마?

“너희는 고등학생이다.”

담임은 그보다 더 확실한 설명은 필요 없지 않느냐는 눈빛이었다. 단호했으며 위압적이었다. 담임은 수학 담당으로 몸집은 아주 작았지만 요즘 여자 선생님치고는 기가 세게 보였다. 덕분에 상담을 받다가 괜히 우는 애들이 있었는데 알고 보면 결코 감정을 흐트러뜨리지 않았고 아이들을 모욕하는 사람도 아니었다. 그 때문에 애들하고 말문이 턱없이 막혀 있지는 않다고나 할까. 만난 지 석 달 정도 지나다 보니 애들이 그것까지 간파해버렸다. 여기저기서 괜히 한번 말해보는 것도 그래서 가능했다.

“그게 뭐요?”

“생각해보면 잘 알 거야. 이 얘기는 이걸로 끝. 전달해야 할 게 또 하나 있는데……”

“선생님!”

다른 안건으로 넘어가려던 선생님을 확실히 제지한 것은 규원이었다. 사진을 찍다 말고 어느새 자기 자리로 돌아와 있었다. 원래 차분한 말투가 더 무서운 편이다. 선생님은 흠칫하면서 규원이를 내려다보았다. 그러고 보면 규원이랑 담임은 닮은 데가 있다. 둘 다 다른 사람을 집중시키는 기술을 가졌다고 할까.

"시녀는 양쪽으로 한 명씩이면 되는데 왜 여섯 명이나 뽑는다는 걸까요?"

"그래야 폼 나니까 그렇지."

누군가 받아치자 아이들은 와하하하 웃어댔다. 허구한 날 졸기만 하던 앞자리 현수의 뚱뚱한 어깨도 웃느라 들썩거렸다. 규원이는 다시 "허리 굽히는 소녀들이 바로 돌다리 역할인 거죠?"라며 시간을 끌었고 담임은 대번에 "자, 자" 하면서 교탁을 내리쳤다. 나는 "왔다!" 하고 나만 알아들을 수 있게 말했다. 규원이 안에 사는, 내가 좋아하는 규원이가 왕림하셨다는 뜻이다. 태은이한테 알사탕을 건넨 헤픈 규원이는 언젠가 내가 박살을 낼 테다. 암튼 이게 바로 나의 규원이다. 누군가 분위기를 심각하게 몰아가면 엉뚱한 척하면서 살짝 비본질적인 농담을 한다. 이를테면 체육복 윗도리 아랫도리에 가가 명찰을 달라고 하면 "교복 재킷은 며칠에 한 번 드라이 맡기는 게 좋을까요?" 묻는 식으로. 그러면 우리 반 애들은 다들 기막히게 집중한다. 아니나 다를까. 여기저기서 산발적으로 회의하는 등 난리가 아니었다. 한 그룹의 대화는 이랬다.

"끝나고 나서 공주하고 시녀하고 아이돌로 나가면 딱이겠다. 7인조 여성 아이돌."

“노래가 돼야 말이지.”

“보컬 할 만한 애를 뽑으면 되지.”

다른 한 그룹의 주제는 왜 남성은 여기서 소외당해야 하느냐였다.

“시대가 변했으면 내용도 달라져야지.”

“돌다리는 여자애보다는 남자애들이 적격이야.”

“맞아, 요즘 애들 다 무거운데 그걸 여자애들이 어떻게 견뎌, 우리가 해야지.”

“난 할 수 있어.”

“나도.”

“난 공주도 할 수 있어.”

우리 반에서 예쁜 남자 축에 드는 기수 말이었다. 듣다 못한 선생님이 “조용! 조용!” 하고 엄숙하게 큰소리를 내더니 암말도 안 한 채 입 다물고 버티던 나를 괜히 째려보았다. 잠시 후 선생님의 손가락이 나를 가리켰다.

“암튼 반장!”

“네.”

“아무도 여기에 못 나가도록 네가 책임지고 막아. 반장이니까. 반장은 든든한 계획을 가지고 흔들리지 않아야 반장이다. 너희들의 미래가 충동적이어서는 곤란하다. 만약 이런 말도 안 되는 것에 관심 갖는 사람이 있으면 이름 적어서 즉각 나한테 가져오도록, 이상!”

“말도 안 돼!”

선생님이 나가자마자 나는 큰 소리로 부당하다 외쳤다. 선생님
까지 계획 운운하니까 더 큰 반발심이 솟았다. '계획'이니 '소꿈'이
니 하는 단어들, 별명치고 너무 딱딱할 뿐 아니라 산만하다. 내가
예쁘다는 것을 인정은 하면서도 왜 학교에서는 아무도 그렇게 대우
하지 않는 걸까. 도대체 왜!

이상한 배고픔

　친구들과 정신없이 수다 떨면서 교문을 나서는데 저만치에 규원이가 가고 있었다. 그런데 옆에 나란히 걸어가고 있는 것은 다름 아닌 태은이다. 순간 뚜껑이 확 열리면서 눈앞에 깜깜한 세상이 펼쳐졌다. 난 먹어보지도 않은 그 알사탕이 생각났다. 그나저나 건강하지도 않은 애가 야자시간에 왜 자꾸 남는 걸까. 신경 쓰이게!
　"규원아, 너한테 물어볼 거 있어."
　옆으로 다가가 둘 사이로 끼어들었다. 둘의 대화를 오래 내버려 두면 절대 안 된다. 태은이랑 얘기하다 보면 나도 모르는 사이 화려한 말발에 끌릴 때가 있다. 규원이에게 그런 일이 일어나서는 곤란하다.
　어떻게든 규원이와 태은이를 떼어놓으려는데 규원이가 눈치 없게 미적거리며 말을 듣지 않았다. 너무 짜증이 나서 규원이 팔뚝을 확 잡아당겼다. 그러자 옆에 있던 태은이가 이렇게 둘러대는 게 아닌가.

"우리 지금 너에 관해 의논 중이야. 방해하지 마."

"우리? 너하고 규원이가 왜 우리야? 규원이 여친은 난데."

나는 요점을 말하면서 규원이에 대한 나의 독점적 권리를 다시 한 번 선포했다. 태은이가 "칫!" 하고 콧방귀를 뀌었다.

"도대체 너의 '우리'는 왜 그렇게 협소하니? 운동장 좀 넓혀. 시원하게!"

"뭐야?"

"운동징이 좁으니까 자꾸 한 사람한테만 매달리게 되는 거잖아, 너 규원이한테 매달려도 너무 매달린다."

"내가 매미냐, 매달리게?"

"매미는 딴 데로 옮겨가는 융통성이라도 있지, 이건 뭐 한 번 물면 도베르만처럼 놓지를 않으니."

"놓다니, 미쳤냐? 호시탐탐 우리 규원이를 넘보는 것들이 얼마나 많은데, 누구 좋으라고?"

그 '누구'가 바로 태은이 너인 거 다 안다는 뜻으로 나는 태은이를 향해 손가락질을 서슴지 않았다. 태은이는 눈도 깜짝 않고 이렇게 받아쳤다.

"우리 학교 애들한테 다 물어봐라. 너하고 규원이가 어울리는지 아니면 나랑 규원이가 더 어울리는지!"

"이젠 노골적으로 속셈을 드러내네. 난 이미 규원이 삶의 일부
거든."

"아하! 규원이의 필기도구?"

"이게 그냥!"

필기도구란 말은 수업시간에 필기하는 걸 싫어하는 규원이가 만
날 내 노트를 빌려가는 걸 두고 하는 빈정거림이었다. 나는 헤드록
을 걸기 위해 태은이 목을 낚아채려 했으나 한발 늦었다. 오히려
태은이가 내 오른손을 꺾었고 나는 죽는다며 엄살을 떨었다. 이럴
때 보면 아프다는 것은 말짱 다 거짓말 같다. 심장도 안 좋은 게 힘
이 얼마나 센지. 할 수 없이 나는 비장의 카드를 내밀었다.

"너 모르지? 얘네 엄마가 나를 무척이나 좋아하신단다. 말끝마
다 나한테 뭐라고 하시는지 얘기하면 넌 아마 놀라 기절할 거다.
알고 싶지?"

"뭔데? 혹시 꼼양?"

"꼼양은 또 웬 저질스런 말이야."

"그럼 뭔데?"

"아줌마랑 나 사이의 비밀인데 그걸 너한테 왜 말하냐?"

"비밀 같은 소리 하네."

태은이는 못 믿겠다는 듯 실소를 날렸다.

"진짜거든. 그것도 아주 오래 유지될 비밀이란다. 검은 머리 파

뿌리 될 때까지 갈 그런 비밀이라고나 할까?"

하필이면 그때 나쁜 규원이 나타나 불쑥 끼어들었다.

"혹시 공주라는 말 가지고 그러는 거야?"

헐! 나는 완전히 어이없었다. 그걸 그대로 말해버리다니. 약만 올리려고 했는데. 그뿐이 아니었다. 규원이는 공주의 실체까지 폭로해버렸다.

"우리 엄마가 말한 공주는 그 공주(公主)가 아니라 영주의 영을 숫자 공으로 바꿔 읽은 거야."

"공(0)주? 빵주 아니고?"

태은이는 웃겨 죽겠다는 식이었다. 나는 "너, 정말!" 하면서 규원이를 노러보았으나 녀석은 "뭘?" 하면서 도리어 눈을 치뜨는 게 아닌가. 누구 편이야, 지금?

불리해진 나는 얼른 말을 돌렸다.

"네가 규원이한테 마음이 있는 건 오래전부터 알았다만 너무 늦었다는 걸 이제는 인정해라."

그러면서 나는 규원이 팔짱을 와락 꼈다. 좀 걸리기 했지만 규원이와 태은이의 관계를 분명히 하지 않을 수도 없었다.

우리가 철딱서니라고는 없었던 시절 규원이는 자주 아파 유치원에 나오지 못하던 태은이한테 "야 이 삐꾸야!"라고 놀린 적이 있었다. '삐꾸'라는 단어는 그 당시 아이들이 사용하던 것으로 바보라는 의미를 넘어 '어딘가 장애가 있는'이라는 뜻을 지니고 있었다. 이

일을 알게 된 규원이 엄마한테 규원이가 죽도록 얻어맞고 발가벗겨진 채 현관 밖으로 쫓겨났다는 사실이 알려지고 난 다음에야 우리는 그 단어의 나쁨을 깨달았다. 그 일 이후 규원이는 반성을 너무 많이 한 나머지 태은이한테서 자유롭지 못하다. 문제는 내 눈에는 태은이가 그것을 살살 이용하는 것처럼 보인다는 것이다. 특히 규원이와 나를 '아무것도 아닌 사이'로 만들어버리는 그 재치가 부러우면서도 화가 났다. '우리'가 이토록 절절하게 서로 좋아하는 마음을 왜 제가 나서서 늘 '장난'으로 처리해버리는 걸까.

그렇게 티격태격하는 사이 태은이네 집 근처에 이르렀다. 헤어지면서 태은이가 말했다.

"사탕 고마웠다. 체리 맛이더라. 안녕."

"어유 저 여우 같은 것!"

그래도 태은이를 보내버려서 너무 다행이다 싶었다. 이제 남은 것은 규원이랑 나. 집은 아직 멀다. 원래 태은이네 집도 우리 집 근처였으나 이래저래 가세가 기우는 바람에 아주 좁은 집을 찾아 이사를 갔다. 나는 오늘 하루 내가 느꼈던 섭섭함을 보상받고 싶었다. 하지만 규원이까지 내 마음을 장난으로 치부해버리니 무슨 수로? 남은 방법은 따지는 것뿐이다. 나는 시비조로 물었다.

"사탕 없다더니 아까 그거 어디서 났어?"

내 목소리가 애초에 계획했던 것보다 더 심통스러운 버전으로 흘러나왔다. 하긴 그 말을 부드럽게 한다면 그건 더 아닐 것 같다.

"화장실에서 가방 열었다가 발견했어. 많더라고. 줄까?"

"아니, 안 먹어."

"맛없어?"

"응."

"암튼 엄마가 어제 그걸 한꺼번에 나한테 던졌어. 욕을 하면서."

"어머나, 왜?"

엉성하게 대꾸하던 나는 아줌마가 등장하는 바람에 숨 가빠하며 대답을 재촉했다. 우리 동네 명품 포장마차 '꼬치꼬치' 앞이었다. 나의 발걸음은 저절로 그 앞에 멈추어 섰다. 우리는 어느새 꼬치 하나씩을 집어 들었다.

"몰라, 괜히 그러지 뭐."

"괜히 그러다니. 여자들은 절대로 괜히 화내지 않아. 너 아줌마 한테 너무 무관심한 거 아니야? 이유가 있는데 네가 미처 못 알아 차릴 수도 있는 거잖아."

그렇게 말하면서 슬그머니 표정을 살폈다. 아무래도 내가 규원 이한테 느꼈던 섭섭함을 아줌마 핑계를 통해 전하고 있는 것 같다.

"이유가 있긴 있는데……"

"뭔데?"

"엄마가 요즘 갱년기가 와서 좀 힘들어하셔. 하필이면 티브이 보 시면서 깜빡 잠이 든 순간에 내가 모르고 다가가 큰소리로 밥 달라 고 했거든. 화가 난 엄마가 앞에 놓인 사탕 바구니를 집어 던지면서 뭐랬는지 알아?"

"뭐라셨어?"

"아무리 생각해도 내가 전생의 원수 같대. 잠 좀 들려고 하면 언제나 와서 깨우는 게 나라나. 당연하지 않냐. 자식이라고는 나 하난데. 한 번은 학교에서 낮에 전화를 했는데 그때도 고래고래 소리를 질렀어. 잠 깼다고. 나중에 막 따지면 그냥 갱년기래. 갱년기는 원래 그렇다네. 너희 엄마는 괜찮으셔?"

"우리 엄마? 잘은 모르지만 불면증은 확실히 아니야. 토요일 날 아줌마를 그렇게 열 받게 하고도 잠만 잘 자더라고."

"우리 엄마 말이야? 뭐 때문에 열 받으셨는데?"

"아, 뭐 그런 게 있어."

규원이는 704동 1, 2라인 구멍 안으로 들어가고 나는 705동 3, 4라인 구멍 안으로 들어가는데 뭔지 모를 허전함이 남아 있었다. 늘 느끼는 것이어서 엘리베이터 앞에 도착할 때까지 나는 자꾸만 되돌아보곤 한다.

집에 갔더니 아침에는 분명히 파랗게 죽어 있던 엄마 표정이 말갛게 되살아나 있었다. 내 방으로 들어갔다가 아무래도 이유가 궁금해서 다시 나와 물었다.

"엄마, 아줌마한테 용서받았어?"

"이런 말버릇하고는!"

그렇게 퉁을 주었으나 계속 기분이 좋아 보였다. 그때 사오정 같은 우리 아빠가 티브이를 보다가 끼어들었다.

"누가 누구한테 돈 빌려줬어?"

엄마와 나는 동시에 "그냥 티브이나 봐"라고 소리쳤다. 새벽 별 보면서 집을 나가 밤늦게야 돌아오기 일쑤인 아빠는 가끔 이렇게 옆에 있어도 엉뚱한 소리만 한다. 대화의 흐름을 파악하지 못한다고나 할까.

엄마는 기분 좋은 이유를 끝내 말하지 않았다.

그런데 아침에 일어나니 엄마의 기분은 어제와는 딴판이다. 다 죽어가는 표정으로 상을 차리다가 내가 또 순두부찌개냐고 투정했을 때는 짜증까지 냈다.

"싫으면 먹지 마."

우리 엄마도 갱년기? 그런 생각을 하면서 학교에 갔다.

야자가 없는 날이라 일찍 집으로 돌아오니 외출복으로 갈아입은 엄마가 다짜고짜 "가자!"며 나섰다. 아빠도 일찍 귀가한 참이었다.

"어딜?"

"외식하러."

엄마는 못 보던 귀걸이까지 했다.

"뭐 먹을 건데?"

"뭐긴 뻔하지."

옆에서 동생이 초를 쳤다. 그렇다면 돈가스집? 우리 동네에는 가면 무조건 줄 서야 할 만큼 잘되는 돈가스집이 있는데 거기가 우리 집 외식 장소였다. 사실 1인분에 8,000원으로 좀 비싼 데다가 다른 곳과는 달리 매콤한 소스가 장난 아니게 맛있다. 많이 기다리면 30분까지 걸리는데도 사람들은 줄 서서 그 시간을 기다렸다. 아빠는 싫어한다. 돈가스는 맛있지만 기다리는 건 궁상맞아 질색이란다. 나도 오늘은 왠지 내키지 않았다. 500원만 더 주면 포장도 되는데. 영찬이한테 시키면 딱인데.

"오늘은 아니다."

우리 마음을 알아차린 엄마가 그 집 안 간다며 딱 잘랐다. 하긴, 겨우 거기 가려고 저렇게 차려입었을라고.

"오늘은 뷔페 갈 거야."

"도레미 뷔페?"

"그래."

"앗싸."

동생이 환호했다. 나도 나쁘다는 생각은 안 들었다. 그 정도라면 귀찮음을 무릅쓰고 가줄 수 있다. 낮에는 1인분에 9,800원, 저녁에는 12,800원 하는 음식점인데 우리처럼 1년 내내 돈가스만 먹는 집에서는 특별한 날에나 가보는 곳이다. 그렇다면 오늘이 무슨 날인가. 엄마는 그냥, 이라고 대답했다. 기분이 꿀꿀한가 보다.

"점심을 안 먹었더니 배고프다. 빨리 가서 실컷 먹자."

하지만 정작 도레미 뷔페에 가서 실컷 먹은 것은 엄마를 제외한

세 사람이었다. 아빠는 치킨과 연어 샐러드를 층층이 쌓아 올린 세 접시, 영찬이와 나는 두 접시에 뻗었다. 엄마는 한 접시를 잔뜩 담아 오기는 했지만 반도 비우지 못했다. 맛이 없어서는 아니라고 했다.

"배불러."

그쯤에서 우리는 눈치를 챘다. 엄마에게 '이상한 배고픔'이라는 병이 도졌다는 것을. 그 병에 걸리면 허겁지겁 식구들을 끌어모아 외식에 나서지만 음식에는 관심을 보이지 않는다. 어떤 날은 음식이 나오기도 전에 배부르다고 한다. 다행인지 불행인지 커피는 두어 잔 마신다. 그것도 오래오래 시간을 끌면서.

"아직도 멀었어?"

엄마의 '이상한 배고픔', 우리가 채워지지 않는 그 욕망의 들러리였다는 것을 눈치챈 아빠가 일어나자 자꾸만 재촉했으나 엄마는 커피 잔을 붙들고 좀처럼 놓지 않았다. 영찬이는 먼저 가면 안 되느냐고 노골적으로 물었지만 엄마는 안 된다고 했다. 뭐 때문인지 짐작되는 바가 없지 않았던 나지만 기분을 맞춰주고 싶다는 생각은 들지 않았다.

"이제 아줌마랑은 끝난 거야?"

내가 그렇게 운을 뗐더니 아빠가 오늘따라 바로 눈치를 챘다.

"싸웠어? 어쩐지."

아빠는 고개를 끄덕끄덕하더니 "내일부터는 나 부르지 마"라며 못을 박았다. 엄마의 이상한 배고픔이 몹쓸 병인 것은 바로 그래서다. 결코 이 행사를 하루로 끝내지 않는다. 뭔지 모를 배고픔이 사라질 때까지 계속 그런다.

"한창 입시 공부하는 애한테 툭하면 책이나 읽으라고 하고……당신은 그게 말이나 된다고 생각해?"

뭔가 화끈하게 뒷담화할 요량으로 보였지만 엄마는 이내 입을 다물었다. 워낙 아빠랑 내가 그런 데 호응을 안 하는 데다 영찬이도 신경 쓰일 것이다. 어쩌면 우리가 "뭔데 그래, 자세히 좀 말해봐!"라며 보채기를 바라는지도 모른다.

"아직도 사과 안 하고 버티는 거야? 어쩌려고 그래?"

애들과 두루두루 조화롭게 잘 지내기로 유명한 내가 엄마한테 그런 충고를 하는 것은 그리 어색하지 않다. 자신의 성격이 나와는 반대로 완전 비사교적이라는 것은 누구보다 엄마 스스로 잘 안다. 그렇게 노골적으로 진심을 들켰을 때는 무조건 비는 게 최고다. 앞으로 계속 잘 지내기를 바란다면.

아빠가 계산을 하려고 카운터 앞에서 지갑을 꺼내자 엄마가 잽싸게 다가가 먼저 돈을 지불했다. 사실 아빠는 엄마가 계산한다는 것을 알면서도 그냥 제스처를 해본 거다. 혹시 모르는 일이기 때문이다. 엄마가 적정 타이밍에 다가와 먼저 계산하면 아빠 얼굴에는 안도감이 흐른다. 그리고 돈을 지불하는 엄마 얼굴에는 아주 짧지만 행복감이 스쳐 지나간다. 이 순간을 위해 엄마는 이벤트를 만든

다. 그러므로 어느 누구도 그것을 빼앗으면 안 된다. 그저 성의만 내비쳐야 한다.

엄마가 원하는 것은 돈을 쓰는 그 순간의 기쁨이다. 나는 엄마에게 그 유래를 들은 적이 있다. 재작년 봄에 돌아가신 외할머니와 연관되어 있다.

그럭저럭 부족한 것 없이 젊은 시절을 보냈던 외할머니의 취미는 쇼핑이었다. 외할머니는 물건보다는 그 물건 값을 치를 때 느끼는 기쁨에 열광했다. 당연하게도 쇼핑이 끝나면 많은 물건들이 팽개쳐졌다. 외할머니는 자기 몫의 물건만 사는 게 아니었다. 엄마와 외삼촌들이 성인이 될 때까지 옷이며 학용품, 책, 심지어 클래식 음반까지 당신이 골랐다. 그와 같은 습관은 자식들이 결혼한 이후까지 이어졌다. 외할머니는 엄청 무리를 해가면서 자식들이 사용할 물건들을 사들이고 생색을 내면서 그것을 나누어주었다. 그 품목에는 옷과 신발부터 장롱이며 침대, 커튼까지 포함되어 있었고 때로 외할머니가 채운 시장바구니가 외삼촌들 집으로 배달되는 일도 있었다. 이후 카드 값 때문에 여러 번 소란이 생긴 걸 보면 결단코 돈이 많아 그랬던 게 아니다. 그냥 병이었다. 그래서 외숙모들과 사이가 별로였다. 자신의 기쁨을 위해 타인의 기쁨을 서슴없이 빼앗는 외할머니를 외숙모들은 달가워하지 않았다. 한마디로 돈을 많이 쓰고도 욕을 얻어먹는 것이다.

우리 엄마 입장은 어중간했다. 돈이 절대적으로 부족한 살림을 살았기 때문이다. 외할머니가 사주는 물건은 엄마의 취향도 아니고 사이즈도 틀리고 당장 필요하지도 않았으나 거기에 의존하지 않을 수도 없는 처지였다.

"엄마가 돈을 나한테 주고 내가 물건을 샀으면 좋겠어."

엄마가 그렇게 불만을 토로하면 외할머니는 "그러게 누가 가난한 남자랑 결혼하랬니?"라며 요지부동이었다. 엄마는 외할머니가 돌아가실 때까지 넘쳐나는 그 물건들을 저주했고 그것들에 치여 살았다. '이상한 배고픔'은 그때 생겨나 지금까지 없어지지 않은 고질병이었다.

가끔 엄마가 불쌍하다는 생각을 한다. 그 배고픔을 위해 기껏 부릴 수 있는 사치라는 게 고작 1인분에 12,800원 하는 외식이라니. 돈을 내는 그 순간을 기다리며 그토록 요란스레 호들갑을 떨어야 하다니.

아빠와 영찬이는 먼저 집으로 가고 나와 엄마는 아이스크림을 가지고 마주 앉았다. 내가 계속 사과해야 한다며 엄마를 부추길 때였다. 엄마가 버럭 화를 냈다.

"했어, 이것아. 내가 그것도 안 해봤을 것 같아?"

"진짜?"

"그래, 무릎은 안 꿇었지만 거의 꿇은 거나 마찬가지로 빌었어."

"그랬더니?"

"사과를 선뜻 받아주더라. 너무 고마웠지. 앞으로 진짜 잘하겠

다고 하고 속으로 정말 그렇게 마음먹었어. 그런데 알고 봤더니 아
닌 거야."

"뭐가?"

"사과를 받아들인 게 아니었어. 내가 문자 보내면 씹고 집으로
전화하면, 어머 국 끓는다, 하면서 끊어. 그게 용서한 거니?"

"용서 안 한 거지."

"그뿐인 줄 알아?"

"또 뭐?"

"어제 슈퍼에서 우연히 마주쳤단다. 난 너무 반가워서 뒤로 다가
가 허리를 담빡 안아버렸지. 맨날 보다가 며칠 못 봐서 그런지 정
말 너무 반가웠거든. 그런데 왜 이래, 하면서 내 손을 풀더니 글쎄,
그냥 가버리는 게 아니겠니? 뒤돌아보면서 또 봐, 라고 하긴 했는
데, 어휴 그 표정이 얼마나 싸늘했는지 오금이 다 저리더라."

"와, 아줌마 뒤끝 있네."

"그렇지?"

"오래가겠어."

"이제 어쩌면 좋니?"

"그러게 아줌마한테 도대체 왜 그랬어?"

엄마와 나는 한참 동안 서로 넋두리를 늘어놓았다. 엄마는 아줌
마한테 목매고 나는 그 집 아들한테 목매고. 무슨 저주를 받았거나
마법에 걸린 게 틀림없다. 아니면 막장 드라마에 자주 등장하는 말

처럼 집터가 안 좋은 건가.

"삶이 너무 허무해. 애들이 공부를 잘하나, 남편이 돈을 제대로 벌어오나. 나는 내가 왜 살아야 하는지 도저히 모르겠는 거 있지."

엄마가 한숨을 폭 내쉬더니 그만 일어나자고 했다. 나는 엄마의 그 한숨에서 오히려 희망적인 뭔가를 발견했다.

"방법이 있어."

일어서던 엄마가 다시 주저앉았다. 나는 '공주를 구합니다'라는 제목의 포스터를 보았냐고 물어보면서 딴생각에 열중하고 있는 엄마 마음을 살살 헤치고 들어갔다.

"오디션을 통해 성남에 사는 중고딩 중에서 최고 미인을 뽑는 거야."

면접을 오디션으로 바꿔 말했다. 거짓말이라기보다는 재치인 것이다. 결론을 말하기 전에 세상은 변했고 성공과 실패의 기준도 옛날과는 현저하게 달라졌다는 소리를 미리미리 깔아두었다. 공부를 잘한다고 나중에 잘 먹고 잘 사는 게 아니라는 것은 나보다 엄마가 더 잘 알았다. 바로 엄마가 실패한 당사자기 때문이다. 엄마가 서서히 내 말에 집중해간다고 여겨졌을 때 나는 마침내 쐐기를 박았다.

"내가 오디션에 나가 최고 미인에 뽑히는 것, 그것만이 우리 집안의 탈출구야."

하지만 예상과는 달리 엄마가 인상을 확 구기더니 핸드백을 치켜들어 내 머리통을 거세게 후려갈겼다.

지원서를 작성하고 엔터!

집으로 돌아와서도 엄마는 내 말을 가지고 한바탕 더 난리굿을 했다. 인생의 모든 가능성은 대학 문을 통해 열린다는, 들으나 마나 한 이야기였다. 내가 예쁜 것은 거기 안 나가더라도 확고한 사실이니 걱정 말라고 했다. 마지막 말은 이렇게 끝났다.

"내가 살 수가 없어, 살 수가!"

엄마는 우리 세 명에게 골고루 비난을 퍼붓더니 안방으로 들어가 조용해졌다. 머리 싸고 누운 것 같았다. 동생과 아빠가 다른 일에 열중하는 사이 나는 내 방에서 컴퓨터를 켜고 성남시 홈페이지로 들어갔다. 자세한 사항은 홈페이지를 참조하라는 문구가 뒤늦게 떠오르기도 했지만 무엇보다 '엄마한테 알렸다'는 사실을 나는 중요하게 여기고 있었다.

공주라는 이름에 수식어를 붙여주세요.

헤드라인을 읽는 순간 멈칫했다. '공주가 될 기회를 드립니다'도 아니고 '공주가 되고 싶으세요?'도 아니고 '공주라는 것을 증명하라'는 것도 아니고 '공주라는 이름에다 수식어를 붙이라'니. 이 무슨 말도 안 되는 소리인가. 개인의 이름에다 공주라는 수식어를 붙이라는 건 몰라도 공주에다 또 무슨 수식어를 붙이나. 공주라는 단어 자체가 이미 최고의 수식어인데. 아니꼬웠다. 하지만 그다음 내용을 접하자 겨우 고개가 끄덕여지기는 했다.

우리는 공주를 뽑고자 하는 것이 아닙니다. 공주를 만들 생각도 없습니다. 여러분들은 이미 저마다 공주이기 때문입니다.

우리는 그 많은 공주 중에 한 분을 모시려고 합니다. 이 시대에 넘쳐나는 공주들 중에서 가장 아름다운 공주가 주인공이 될 것입니다.

어떤 공주가 아름다운지, 아름다운 공주상은 어때야 하는지 저희는 아직 정하지 못했습니다. 오늘의 공주는 아버지가 왕이었다고 공주인 것도 아니고 돈이 많다고 될 수 있는 것도 아니며 영어를 잘한다고 되는 것도 아닙니다. 어떤 사람이 진정한 공주인지는 오직 여러분에게 달려 있습니다.

이 행사의 콘셉트와 주제는 '꽃씨 뿌리는 공주'입니다. 공주가 공민왕을 따라 강으로 나간 것은 잠시나마 가난한 백성들과 함께 있기 위해서였습니다. 그 때문에 동네 아낙들이 나와 마땅히 등을 굽혔던 것입니다.

우리 시대에는 어떤 공주가 필요하다고 보나요?

누가 꽃씨 뿌리는 공주여야 하나요?

사연을 보내주세요.

여러분 누구나 그 주인공이 될 수 있습니다.

허걱! 다른 건 몰라도 어떤 공무원인지 영화를 너무 많이 본 것 같다. '꽃씨 뿌리는 공주'라니 터무니없는 주제가 아닌가. 오로지 얼굴 하나로 공주 자리를 노리던 나에게는 불리한 콘셉트일 수밖에 없다. 세상도 굽어보고 꽃씨도 뿌려야 하고 그 공주 진짜 바쁘겠다.

머리를 쥐어짜야 할 것 같다.

반가운 내용이 아주 없는 건 아니었다. 공주와 시녀는 물론 돌다리 역할을 맡은 소녀들에게까지 주는 봉사 시간이 장난 아니었다. 리허설과 당일의 행사 시간이 넉넉히게 다 포함되는 깃은 말힐 것도 없고 면접만 봐도 봉사 시간이 주어진다. 하지만 봉사 시간을 정해놓지는 않았다. 약 16시간에서 20시간이라고 나와 있었다.

봉사 시간은 선생님도 못 말릴 조건이 아닌가. 명분이 기막혔다. 이렇게 되면 아이들이 몰려들 수도 있다. 아니, 몰려들어야 한다.

솔직히 그것만 따져도 손해는 안 본다. 방학 때마다 봉사 시간을 채우려고 별짓을 다 했던 게 생각났다. 조금만 게으름을 피우다 보면 괜찮은 자리는 금세 차서 우체국까지 가서 하루 종일 선 채로 편지를 분류했던 적도 있다. 그렇게 고생해서 받은 게 겨우 두 시간. 그런데 잘하면 한꺼번에 20시간을 채울 수 있는 기회가 온 것이다. 이게 바로 경제성이고 현실성 아닐까. 토요일 날 깜장 비닐봉지 들고 탄천 잔디밭을 뒤져 쓰레기를 찾는 거나 거기서 쌈박하게 허리 한 번 굽혀주는 거나 뭐가 다르다고.

나는 우선 용미한테 돌다리 소녀 역을 맡으면 봉사 시간이 장난 아니라는 사실을 문자로 알렸다. "그러니 너도 지원하지?"라며 조심스럽게 설득하는 것도 잊지 않았다. "내가 공주가 되면 너는 살살 밟을게"라고 글자를 찍을 때는 손이 좀 오글거렸다.

용미로부터 신통한 대답은 못 들었다. "너 죽을래?"와 "너야말로 세상을 위해 하나의 돌다리가 되어보는 게 어때?"라는 식의 말도 안 되는 답이 날아왔다. 그뿐이 아니었다. 잠시 후에는 "키 큰 네가 공주가 된다면 그날 하늘도 기가 막혀 비를 쏟으며 항의할 거다"라며 저주를 퍼부어댔다.

"이거 친구 맞아?"

키 가지고 왜 자꾸 그러는지 알 수가 없다. 그러다가 나는 그것을 보았다.

조회 수 3479.

맙소사! 어중이떠중이들이 다 들어와본 모양이다. 잘은 모르지만 곳곳에다 포스터 붙인 효과를 보는 것 같았다. 긴장감이 몰려오면서 갑자기 살맛이 났다. 경쟁심이 불타올랐다. 그럴 리 없을 텐데도 이러다가 혹시 속성 성형수술하고 공주 한다며 덤벼드는 애가 생기지 않을까, 걱정 아닌 걱정이 앞섰다.

놋다리 행사가 한 달밖에 안 남은 건 정말 다행이다.

이제 더는 볼 게 없을 것 같다. 일단 원서부터 접수시켜야겠다고 결심했다. 원서에다 인적 사항을 적고 인터넷으로 접수하라고 나와 있었다. 부모님 허락이라든가 교장 선생님 도장 같은 것을 요구하지 않아 얼마나 다행인가.

그런데 이게 웬일인가. 원서를 다운로드하려는데 화면이 열리지 않았다. 처음 겪는 일이었다. 얼마 전 바이러스 때문에 복원 프로그램을 작동시킨 게 원인인 것 같았다. 당황하여 안절부절못하다가 규원이한테 전화를 걸었으나 몇 번 신호가 갔을 때쯤 후다닥 끊었다. 뭐라고 설명해야 할지 모호했다.

나 공주 나갈 거다.

그러면 반거줄까. 이해해주려나. 미스코리이리면 몰리도 유치힌 동네잔치에 뭐가 아쉬워 나가려느냐며 핀잔을 주는 게 아닐까.

그때 전화가 걸려왔는데, 화면을 봤더니 규원이였다. 할 수 없이 통화 버튼을 눌렀다.

"왜?"

"어, 있잖아……"

잠시 망설였으나 나는 결국 다 실토하고 말았다. 요령이 부족한 건 정말 큰 문제다. 남자애 마음을 얻으려면 여우 같아야 한다는 말은 영화에도 나오고 책에도 나오고 드라마에도 나온다. 심지어 찾아보면 교과서에도 있을지 모른다. 그만큼 만고의 진리라는 뜻이다. 그런데 왜 나는 늘 내 속을 다 내보이고 마는 걸까.

"그럴 줄 알았어."

규원이가 대뜸 그렇게 받았다. 그뿐이 아니었다.

"재미있을 것 같아. 잘해봐."

"진짜? 진심이지?"

"그럼, 태은이도 그러더라. 네가 거기 나가는 데 만 원 걸겠다고."

"지가 뭔데 만 원을 걸어?"

어쨌거나 규원이가 나의 계획에 동의했다는 것은 중요하다. 지원군이 생긴 것이다. 나는 감격에 겨워서 연신 "앗싸!"를 외쳤다.

규원이가 방법을 설명했다.

"PDF 파일을 못 여는 거야. 리더 프로그램을 설치해야 하는데 지금부터 내가 시키는 대로 잘 따라 해봐."

"난 정식으로 컴퓨터를 안 배워서 그런 거 못하는 거 잘 알잖아. 네가 와서 직접 설치해주면 안 돼?"

"지금이 몇 신데."

"그게 뭐가 문제야? 내가 공주가 되느냐 마느냐의 기로에 서 있는데."

"그래도."

"너랑 나 사이 엄마 아빠도 다 아는데 뭐. 누가 누굴 잡아먹을 것도 아니고."

그러고 나서 내 입은 화통한 웃음을 터뜨렸다. 나는 정말 모르는 게 없고 내숭 떠는 것도 못한다. 할렐루야!

"알았어. 금방 갈게."

규원이가 마침내 손을 들었다.

7분쯤 지나 규원이가 우리 집에 도착했다. 엄마는 잠이 들었는지 기척이 없었다.

리더 프로그램을 설치할 필요는 없단다. 문서를 보는 경로를 달리하면 된다고 했다. 정말 한글로 들어가 문서를 열었더니 멀쩡하게 보였다. 배경 화면에 다운로드한 원서의 빈 칸을 규원이와 나란히 앉아 사이좋게 채워 넣었다. 공주 지원서를 전송하기 위해 마지막 엔터 키를 누르고 나서 우리는 파이팅 하는 심정으로 손을 잡았다. 든든해서 좋았다. 니무 흥분했던 걸까. 나는 그만 하지 말아야 할 소리까지 히고 말았디.

"우리 기념으로 뽀뽀나 한번 할까?"

물론 내가 생각한 것은 키스다. 키스하고 싶다는 말을 여자가 직접 할 때는 뽀뽀라고 해주는 게 덜 민망하다. 남자애는 당연히 키스로 번역해서 알아들어야 하는 거고. 그런데 맙소사! 규원이랑은 그런 게 문제가 아니었다. 대번에 눈을 부릅뜨고는 잡아먹을 것 같은 기세였다.

"뭐야? 너 그따위 엉큼한 짓 하려고 날 오라고 한 거야?"

어휴! 나는 농담이라고 둘러댔으나 규원이의 항의는 거기서 그치지 않았다. 날 완전히 파렴치한 취급이었다.

"잘 들어. 너 저 컴퓨터 포맷했다고 했지? 컴퓨터가 완성은 되었지만 윈도 프로그램을 깔기 이전이라고 상상해봐. 카오스, 혼돈 상태일 거 아니야. 무한한 가능성으로만 존재하는. 우리가 거기다 프로그램을 깔면 그 순간 컴퓨터는 방향성을 갖게 되는 거야. 운명이 정해지는 거지. 나는 우리 몸도 그렇다고 봐. 우리 나이는 프로그램이 깔리기 전의 혼돈 상태와 유사한 거야. 거기서 어떤 프로그램을 선택하느냐는 그만큼 중요한 거지. 지적인 것, 성적인 것, 경제적인 것, 과학적인 것, 식물적인 것, 동물적인 것 등등."

"그래서? 뭐?"

"난 아직 내 몸에다 성적인 프로그램을 입력시키고 싶지는 않아."

나는 "뭐라고?" 하면서 배꼽이 빠져라 웃어댔다.

"너 그거, 아줌마가 말해준 거 고대로 따라 하는 거지?"

"아니다. 우리 엄마는 컴퓨터라고는 메일 보내고 받는 것밖에 못하잖아."

"하여간 괜히 잘난 척이야."

나는 화를 내면서 맵싸하게 쏘아보았다. 예쁜 애들이 제일 싫어하는 말은 역시 골이 비었다는 소리 아닐까. 내가 좀 오버를 했더니 규원이가 "그 대신" 하고 말했다.

"너 면접 보는 데까지 따라가줄게."

"진짜? 나중에 딴소리하기 없기다."

"내가 너냐?"

"뭐?"

대꾸할 말이 얼른 안 나와서 나는 입만 오물거렸다. 우리 사이에 어떤 부정적인 이미지가 끼어들면 애들은 언제나 그것을 나의 성격과 연관시킨다. 그 때문에 별명이 해마다 바뀐다. 학교에서 공주 비슷한 걸로 불린 적은 한 번도 없다. 번번이 규원이가 거기에 편승할 때마다 나는 속으로 외친다.

'언젠가는 너를 나에게 맞는 인간으로 뜯어고치고야 말겠어!'

하지만 지금은 그냥 웃고 넘어간다. 나중을 생각하며.

그렇게 해서 뽀뽀 건은 겨우 무마되었다.

"암튼 고마워."

"카메라 들고 갈게. 이건 우리 반 일이기도 하잖아."

"담임이 뭐라고 하면 편드는 것도 부탁한다."

"알았어."

면접 날짜는 여유가 없었다. 이번 주 토요일 오후 3시.

목 금 토, 사흘 남았다.

마음이 급해진 나는 규원이가 집으로 돌아가자마자 스킨 팩을 찾아다녔다. 타고난 피부가 있긴 하지만 얼굴 관리는 기본이 아닌가 말이다.

"어디 갔지?"

개똥도 약에 쓰려면 없다더니 오늘따라 스킨 팩이 한 장도 눈에 띄지 않았다. 널린 게 엄마가 얻어 온 화장품 샘플이었는데. 화장실이며 거실 곳곳을 뒤지다가 겨우 하나 발견한 곳이 난데없게도 책꽂이 사이였다. 석류 그림이 잔뜩 그려진 봉지를 뜯어 설명서대로 얼굴에 부착하고는 침대에 드러누웠다.

꽃씨 뿌리는 공주?

그건 소나 말한테 주라지.

나는 공주가 되어 아이들 등을 밟으며 탄천을 건너가는 장면을 상상해본다. 카메라 줌렌즈가 멀리서 규원이 표정을 잡고 태은이의 낭패감도 포착한다. 그 사진은 다른 사진들과 함께 편집되어 연말에 시디로 제작되고 우리들에게 하나씩 나뉠 것이다. 그것이 담임의 계획이었다. 우리 반 아이들 모두 평생 간직해야 할 추억의 시디가 생기는 셈이다.

어디 그뿐일까.

온 세상이 나를 우러러볼 것이다. 티브이 방송국에서 나와 출연을 요청하면 엄마가 나서서 당연히 거절하겠지. 우리 애는 공부해야 해요. 방해하지 마세요. 대형 기획사 같은 데서 내민 명함 따위 이미 받아봐서 미련 없다. 장래 꿈이 연극영화과를 나와 배우가 되는 건데도 이상하게 그런 데는 흥미가 없다. 좀 무섭다고나 할까.

아직은 때가 아니라는 말이 맞는 것 같기도 하고.

중요한 건 이름도 모르고 얼굴도 모르는 뭇사람들이 아니라 우리 반 애들이고 규원이며 나의 사랑하는 가족이다. 내가 진짜 공주가 되면 아줌마도 내 이름을 공(0)주가 아니라 공주(公主)라고 인정해주지 않을까. 공주(公主)는 계획이니 소꿈이니 빵주니 하는 나의 허접한 이름들을 아낌없이 집어삼키고 말리라. 흔적도 없이. 그리하여 나는 확고부동한 단 하나의 호칭을 갖게 되는 것이다. 공주(公主)라는.

규원이 식대로라면 내 몸에 입력되는 것은 공주라는 프로그램일 테지. 그러면 나의 삶도 거기에 걸맞은 방향성을 갖게 될 거고.

생각만 해도 다이아몬드 빛 광채를 내는 민들레 홀씨가 혼돈의 어둠을 지나 나에게 몰려오는 것 같다. 나를 감싸고도는 반짝이는 씨앗들에 의해 나는 충만해진다.

후—.

웃으면 주름이 생긴다는데 비실비실 자꾸 웃음이 새어나와서 참느라고 애를 먹었다. 상상을 하면서 웃음을 참고. 그러다가 마지막에 잠이 들었다.

아침에 일어났더니 기가 찼다. 너무 일찍 잠들어버린 탓에 숙제도 못한 데다 그토록 촉촉하던 스킨 팩은 이불 사이에서 꼬들꼬들 말라버렸다. 손과 얼굴은 끈적끈적하였고 양치를 하지 않은 입안은 텁텁하게 썩어가는 중이었다.

"아이, 진짜!"

만회라도 할 작정으로 화장실로 가서 5분가량 이를 닦았다.

'나중에 규원이랑 키스할 입인데.'

그런 생각을 하자 순식간에 기분이 회복되었다. 히히히. 너무 웃어서 치약 거품이 거울로 튀었다. 나도 지적이고 경제적이고 미적이고 때로는 과학적이기도 한데.

그러고 보면 규원이한테 뭔가 속은 것 같기도 하다. 지적인 것, 성적인 것, 경제적인 것, 과학적인 것, 식물적인 것, 동물적인 것, 그런 건 따로따로가 아니라 덩어리진 한 뭉치가 아닐까.

"우리 몸이 무슨 컴퓨터냐고."

그렇게 따졌어야 한다며 아쉬워할 때였다.

"뭐해, 밥부터 먹어야지."

엄마가 소리쳐서 공상에서 깨어났다. 이를 깨끗이 닦아놨더니 아침은 먹기 싫어졌다. 관리하는 차원에서 오늘 아침은 굶어야지.

나는 잽싸게 집에서 도망쳤다.

엄마의 잔소리가 엘리베이터까지 따라왔다.

하지만 효과는 좋았던 것 같다.

3교시 끝나고 쉬는 시간에 앞자리 애랑 왕 수다를 떨고 있는데 지나가던 태은이가 걸음을 멈추고는 내 얼굴을 빤히 쳐다보았다. 그런 다음 고개를 갸우뚱대면서 하는 말이 이랬다.

"입만 다물면 진짜 예술인데."

왈칵 기분이 나빠져서 뭐냐고 따져 물었더니 다름이 아니라 얼굴이 예술이라는 뜻이란다. 나는 좋아서 바로 히죽거렸다.

"예쁘면 그걸로 장땡이지 무슨 상관이야. 입이야 때가 되면 어련히 다물어질까."

그랬더니 요 여우가 웬 귀신 씻나락 까먹는 소리를 하는 게 아닌가.

"아우라가 없잖아, 아우라가, 쯧쯧."

"아, 뭐?"

나는 앞자리 애한테 "쟤가 뭐래는 거냐?" 하고 물어보았다. 그애도 아우라가 뭔지 모르는 것 같았다. 그러거나 말거나 태은이는 계속 지껄여댔다.

"예쁘다는 건 느낌의 문제야. 피부가 하얗고 눈이 쌍꺼풀 지고 콧날이 오뚝한 건 부차적인 문제라고. 그보다는 호소력이 있어야지."

호소력? 혹시 마음이 예뻐야 된다, 뭐 그런 소리? 하여간 고루(固陋)하기는! 나이도 어린 게. 한 바가지는 퍼부어줄 욕이 내 안에 가득했지만 참았다. 좀 주의력이 필요한 순간이었다. 자주 입원하고 자주 결석하다 보니 태은이가 할 수 있는 것은 많지 않았다. 초등학교 때도 체육 시간이면, 늘 창백한 얼굴로 교실에 남아 책을 읽던 아이가 태은이다. 그러다 보니 좀 유식하기는 하다. 하지만 과연 뜻을 제대로 알고 저러는 걸까. 쌩쌩이도 못하고, 햄버거 같은 건 먹으면 안 되고, 위험한 골목에서 인라인스케이트를 타면서 애들하고 낄낄거려본 경험이 없는 아이. 나는 입술을 삐죽대면서 고개를 가로저었다. 그까짓 아우라, 하나도 부럽지 않다.

나는 예쁘다는 말만 접수하기로 했다. 그게 나에게 유리하니까. 나는 나를 기죽이는 말보다는 나를 응원하며 돋보이게 하는 말만 접수하며 살 거다. 누군가 말하지 않았던가. 좋은 것만 보고 좋은 것만 상대하고 살아도 시간은 후딱 가버린다고.

신이 나서 그날 저녁도 다음 날도 스킨 팩을 붙였다. 금요일 저녁에는 화장품 가게에 들러 녹차 팩을 구입해 붙였다. 20분쯤 지나 세수를 하고 스킨로션을 알뜰히 발랐더니 우와, 피부가 정말 매끈해졌다. 아니, 깨끗했다.

"됐어!"

몰래 본 면접

토요일 오후.

"너 화장했냐?"

규원이가 보자마자 인상을 팍 썼다.

"티 나냐? 살짝 한 건데."

"살짝은 무슨. 티 확 난다."

"좀 그렇지? 하지만 면접 같은 거 보고 할 때는 원래 이렇게 해
주는 거야."

이 고비만 넘어가면 된다는 생각에 나는 화를 꾹꾹 눌러 참았다.
진짜 열이 받은 건 바로 나였다. 나도 내 얼굴이 맘에 들지 않았다.

학원 화장실에서 3학년 언니가 화장을 하고 있기에 날이 날인지
라 자꾸만 기웃거리며 부러운 눈치를 드러내고 말았다. 언니는 졸

업 앨범 사진 찍을 때 쓰려고 이런 거 저런 거 다 구입했다며 자랑이 이만저만하지 않았다.

"저 한번만 써봐도 돼요?"

생색을 내면서도 그러라고 했다. 문제는 용미와 셋이 힘을 합쳐 화장을 하고 있는데 다른 언니들이 화장실로 우르르 들어와서 저마다 팔을 걷고 나섰다는 것이다. 물 만난 고기 떼 같았다. 실험용 바비 인형이 되는 것은 순식간이었다. '사공이 많으면 배가 산으로 간다'는 말을 그렇게 실감할 수 있는 사건이 살면서 다시 올까.

"지워!"

규원이가 고개를 가로저으면서 딱 잘랐다. 직설 화법을 잘 안 쓰는 애다 보니 무시하기가 힘들었다. 아니, 무시가 안 됐다.

"그래도 처음 한 화장인데……"

아쉬움을 드러내며 거울을 보다가 내가 놀라고 말았다. 앞으로 이것만은 꼭 명심해야 할 것 같다. 하나의 면상에 여러 사람의 관점을 다 반영하려고 하면 곤란하다는 것. 작문을 할 때도 그렇다. 에세이 숙제를 내주면서 선생님은 늘 칠판에다 이런 경고문을 적는다. '맥락을 단일하게 잡을 것!' 그처럼 얼굴 하나에는 한 사람의 손길이면 충분하다. 여러 언니들을 동시에 허용했더니 가만히 둬도 괜찮은 얼굴에 이상한 도깨비가 출몰하고 말았다.

규원이는 내 몰골을 달리 해석했다.

"너 그렇게 하면 분명히 떨어질 거야. 날라리인 줄 알겠어. 그래도 성남시 대표 행사이고 공주를 뽑는 건데 너라면 이상한 날라리한테 그 자리를 내주겠냐?"

"그런가?"

너무 지당한 말씀이다. 반박할 말도 기운도 없었다.

결국 인근 화장실로 가서 따뜻한 물로 씻었다. 하지만 거기 비치된 거품 비누로는 눈 화장이 잘 지워지지 않았다. 열 번쯤 세수하고 났더니 얼굴이 빨갛게 일어나버렸다.

"꺅, 어떡해?"

나는 비명을 질렀다. 사흘 동안 스킨 팩하면서 공들인 거 다 물 건너가고 말았다. 벌건 얼굴에서 예쁜 모습을 발견하려면 엄청난 상상력을 발휘해야 할 시경이었다. 규원이는 나를 위로했다.

"괜찮아, 금방 가라앉을 거야."

그래 놓고 찰칵, 사진은 왜 찍는 건지.

"아토피 걸린 앤 줄 알겠다."

그 말은 엄청 상처가 되었다. 나는 발을 동동 굴렀다.

면접 장소는 성남시청이었는데 새로 지은 건물이 밖에서 볼 때보다 더 으리으리했다. 그런데 안내에 따라 면접 대기실로 들어갔을 때였다.

"어, 언니?"

"너도 왔니?"

학원 화장실에서 같이 화장했던 그 언니였다. 고3이 공부 안 하고 왜 저러는 거야. 나는 내 얼굴을 망쳤던 장본인을 은근하게 째려보았다. 그런데 언니 표정은 더 만만치 않았다. '저리 꺼져' 하는 것 같았다. 이럴 줄 알았으면 화장품 빌려주지 말 걸, 하는 눈치가 확실히 보였다.

'흥! 내가 될 게 확실하니까 괜히 심술이야.'

그때 내 눈이 비로소 주변을 한 바퀴 휘, 하고 둘러보았다.

맙소사!

정말 어중이떠중이 다 몰려왔다. 토요일마다 맥도날드에서 마주치는 언니들을 세 명이나 발견했다. 그보다 더 황당한 것은 모두 다 공들여 화장을 하고 왔다는 거다. 민얼굴인 것은 나하고 중딩으로 보이는 다른 두 명이었다. 초조감이 몰려왔다. 괜히 화장 지웠다고 원망했더니 규원이가 이렇게 말했다.

"그런데 왜 다들 립스틱은 생략하는 거야?"

"생략한 게 아니라 다 바른 거거든."

거울을 봤더니 그래도 빨갛게 부풀었던 얼굴이 많이 가라앉았다. 다행이다 싶은 순간 첫번째 면접자 이름이 호명되었다. 나는 387번이었다.

내 차례까지 기다리는 데 많은 시간이 걸리지는 않았다. 열 명씩 무더기로 들어간 데다 진료실이 서너 군데인 병원처럼 여기저기서 정신없이 이름을 불러댔다. 기다린 지 한 시간 십오 분 만에 나는 면접관들 앞에 섰다.

"공주를 희망하는 사람?"

열 명이 모두 손을 들었다.

"시녀를 희망하는 사람?"

아무도 손들지 않았다.

면접관이 질문을 시작했다.

"어떤 공주가 되고 싶은지 사연을 일 분씩 짧게 말해보세요."

381번이 말했다.

"지금 어렵게 암 수술을 받고 있는 저희 어머니께 웃음과 보람을 드리고 싶어서요."

헉! 저것이 여기가 어디라고 사기를 치나. 나는 대번에 알아보았다. 슬픈 표정을 짓고 있지만 내 눈은 못 속인다. 그게 아니라면 눈 화장을 저렇게 공들여 할 수는 없는 일. 사실 엄마가 아프면 간호를 해야지 왜 여기 와서 난리야. 그런데 면접관은 너무 순진하다. 아니, 답답했다.

"저런! 무슨 암인가요?"

"위암요."

"네. 걱정이 많겠어요. 어머니의 쾌유를 빌어드릴게요. 다음 삼백팔십이 번 얘기해보세요."

"네. 저는 폐암 때문에 고생하시는 저희 아버지를 위해서 공주가 되기로 결심했어요."

"저런! 몇 기예요?"

"네?"

"폐암 몇 기인지 물었어요."

"오, 오 기인데요."

"오기도 있나요? 끈기만 있는 줄 알았는데."

"네?"

"다들 지루해하는 것 같아서 농담 좀 했어요. 아버님의 쾌유를
빌어요. 다음 삼백팔십삼 번?"

"저, 저는 유, 유방암에 걸린 저의 언니 때문에……"

"네, 쾌유를 빌게요. 다음 삼백팔십사 번?"

그러자 384번이라고 밝힌 여자애가 훌쩍훌쩍 갑자기 울음을 터
뜨렸다. 가족 중 누군가 무슨 병에 걸렸는지를 말하지도 않은 상태
였다.

"저는 진짜예요. 진짜 엄마가 아파요. 진짜로. 거짓말이 아니라
진짜 엄마가 아파서 제가 꼭 기쁨이 되어야 하거든요. 진짜로!"

당황스러운 일이었다. 진짜라는 말을 너무 남발한 나머지 엄마
가 진짜라는 건지 엄마가 걸린 병이 진짜라는 건지 모호했다. 나
같으면 저런 애는 그냥 아웃이다. 그때 이미 말한 앞 번호 면접자
들이 384번을 한꺼번에 노려보았다. 아마 384번은 곱게 집에 가기
는 힘들 것 같다.

"그래, 엄마가 무슨 병인가요?"

"우, 우울증요. 뭔가 살고 싶은 이유를 발견하고 싶대요. 그런데

제 동생이랑 저랑 할 줄 아는 게 까부는 것밖에 없거든요. 딸인 제가 놋다리 공주를 하고 나면 엄마 기분이 좋아질 것 같아요. 꼭 저를 놋다리 공주 시켜주세요. 부탁드려요."

"잘 알겠어요. 어머니가 원하는 딸이 되도록 계속 노력하세요."

"네, 감사합니다."

웃기도 힘들고 분노하기도 어려웠다. 가슴이 콩닥콩닥 뛴다. 순식간에 내 차례가 다가오고 있었기 때문이다.

'어떡하지?'

내가 준비한 것은 공부 못하는 자식과 돈 못 버는 아버지 때문에 이상한 배고픔에 시달리는 엄마 이야기인데, 그게 감동을 줄 수 있을까. 좀 빗나갔나. 어차피 이곳 면접장은 거짓말 잔치가 되어버리지 않았는가. 자기 것이 아니라 어디선가 줍고 훔치고 복사해온 말들로 미어터질 지경이다. 도대체 애들은 왜 하나같이 거짓말을 하는 것이며 그 거짓말은 또 무슨 이유로 하나같이 암이어야 하는가. 교통사고 때문에 일을 쉬는 아버지 버전도 있고 정리해고 버전도 있고 보증을 잘못 서서 집안이 풍비박산 나는 경우도 있는데.

그때 귀가 확 열리는 소리가 들려왔다. 내 바로 앞 번호는 놋다리 공주가 되고 싶은 이유를 이렇게 말하고 있었다.

"저의 가족은 아무도 아프지 않습니다. 가정 형편은 어렵지만 다들 건강합니다. 그럼 왜 여기 나왔느냐, 저는 제가 예쁘다고 생각하거든요. 어려서부터 예쁘다는 말 많이 들었어요. 공주는 예뻐야 하는 거잖아요. 저는 꼭 공주에 뽑혀서 제가 진짜 예쁘다는 것을 증명해 보이고 싶어요."

면접관이 고개를 끄덕였다. 뭔가 호의적인 느낌을 받았다면 그건 386번이 솔직했기 때문인 것 같다. 솔직함, 그래 중요하지. 나하고도 맞고. 난 원래 꼼수가 없는 애였다. 소꼼이 된 건 오해 때문이다. 계획과 꼼수는 엄연히 다른 건데 애들이 그것을 같은 것으로 치부해버렸다. 나는 어떻게 해야 할지 알겠다는 생각이 들었다. 거짓말이 넘쳐나는 이 세상에서 우리는 우리의 언행이 진심인지 아닌지를 언제나 의심받게 되어 있다. 만약 성인이 된 내가 규원이가 아니라 돈 많은 남자를 결혼 상대로 선택한다면 나는 그 남자에게 돈 때문이 아니라 사랑 때문에 결혼한다는 것을 증명해 보여야만 한다. 불가능해도 해야 한다. 그러니 여기서 내가 할 일은 공주가 되고자 하는 진심 어린 사연일 것이다. 이상한 배고픔에 시달리는 엄마, 괜찮을 것 같다. 용기를 내야 한다.

내 차례가 와서 나는 입을 열었다.

"저는 공주를 구한다는 포스터를 처음 봤을 때 공주에 뽑히면 굉장히 폼 날 거라고 생각했습니다. 친구들의 등을 밟고 탄천을 건너가는 거잖아요. 물론 친구들의 등을 밟는 것은 안 좋은 일이죠. 남을 짓밟는다는 뜻이니까요."

그때 면접관이 예상치도 못한 질문으로 치고 들어왔다.

"무섭다는 생각은 안 듭니까?"

"네?"

"친구들 등을 밟고 탄천 지나가다가 떨어져서 물에 빠질 수도 있는 거잖아요."

"아, 그건……"

"게다가 꽃씨까지 뿌려야 하는데 괜찮겠어요?"

"그게 그러니까……"

내가 머뭇거리고 있는 사이 다른 애들이 와하하하 웃음을 터뜨렸다. 무지하게 창피했다. 규원이한테 뽀뽀하자고 했다가 퇴짜 맞았을 때도 멀쩡했는데 물에 빠질 수도 있다는 말에 와르르 무너지고 말다니. 그뿐이 아니었다.

"솔직한 학생이라는 느낌은 받았으니까 걱정하지 말아요."

면접관은 그렇게 말하더니 대뜸 "다음 삼백팔십팔 번 말해보세요" 하고 넘어가버렸다. 나는 아직 내 생각을 반도 못 전했는데. 아니, 시작도 못했는데. 그렇다고 '저기요!' 하고 진행을 제지할 배짱은 없고.

388번은 물론 뒤 번호들이 뭐라고 말했는지는 귀에 들어오지 않았다. 다만 면접실을 나오기 전에 면접관이 전한 말만 기억난다.

"일차 합격자에게는 월요일 오전에 문자가 갈 거예요. 문자 받은 사람은 다음 주 토요일, 같은 시간에 이곳으로 오면 됩니다. 수고들 많았어요."

그걸로 끝이었다. 기가 막히기보다 멍했다.

“규원아.”

밖으로 나오자마자 나는 규원이 손을 잡고 엉엉 울음을 터뜨렸
다. 나쁜 사람들한테 실컷 구박받고 해코지당하다가 겨우 가족의
품으로 돌아온 사람의 심정이 딱 그럴 것이다.

할 수 없는 일들

공주도 떨어지고 이젠 무슨 낙으로 사나.

일요일이 그렇게 지옥 같다는 것도 태어나 처음 하는 경험이었다. 마음속으로 온 세상을 향해 꽃씨 대신 소금을 뿌렸다. 심지어는 욕도 했다.

"아니, 무슨 면접을 그따위로 봐? 이러니까 대한민국이 안 되는 거야. 나라가 잘되려면 공무원들이 똑발라야지."

얻은 거라곤 겨우 봉사 몇 시간.

오후 2시가 지났지만 배가 고프지 않아서 밥도 안 먹었다.

"빵이라도 먹어, 이것아!"

엄마가 콩나물을 다듬으면서 껌을 짝짝 씹었다. 표정은 다시 맑음 상태로 돌아와 있었다. 어제, 내가 성남시청에서 끔찍한 시간을 보냈던 그때, 규원이네 엄마가 집으로 전화를 걸어왔단다. 전화 건 내용도 그렇지만 엄마가 흉내 내는 아줌마 말투가 진짜 웃겼다.

"시골에서 돌나물 많이 왔는데 먹을 거야?"

돼지 멱따는 바리톤이었다. 어떤 시트콤의 심혜진과 똑같은 말투였다는데 나는 그 시트콤을 본 적은 없다.

"주면 당연히 먹지."

"그럼 영주 보내. 규원이가 어디 나가서 안 와."

"영주도 집에 없는데?"

"그래?"

"내가 자기 집으로 갈게."

엄마는 기회를 놓칠까 봐 얼른 말했다.

"됐어. 내가 가서 자기네 집 경비실에 맡길게."

그러고 전화가 툭 끊어졌다. 엄마는 우리 엄마답게 당연히 경비실로 뛰어 내려가 아줌마를 기다렸다. 잠시 후 아줌마가 나타나자 엉덩이를 삐딱거리며 다가가 헤픈 웃음을 날렸을 엄마 모습이 눈에 선하다. 어떤 책에 보니까 딸은 엄마를 모방한다는데 아무래도 나는 엄마를 잘못 둔 것 같다. 엄마한테 배운 것을 규원이한테 고대로 써먹고 있질 않은가.

암튼 그 자리에서 극적인 화해가 이루어진 건 아닌 것 같았다. 엄마가 비굴하게 손을 비비며 고맙다고 말했는데도 아줌마는 "잘 씻어서 먹어" 하고는 찬바람을 일으키며 곧장 가버렸다는 것이다.

나는 의혹을 제기했다.

"그건 화가 아직 안 풀린 거잖아."

엄마는 해석이 달랐다.

"애, 애, 그럼 그 성격에 곧바로 영주 엄마, 하면서 실실거리겠니? 며칠 걸리지. 그때까지 내가 참아야지 어떡하겠어. 지은 죄가 있는데."

그래서 엄마 기분은 많이 나아졌지만 고래 싸움에 새우 등 터진다고, 그 돌나물 때문에 피해를 본 건 불쌍한 우리 식구들이다. 어제저녁도 돌나물 비빔밥, 오늘 점심도 돌나물 비빔밥이다. 엄마는 좋다고 콧노래를 불러대지만 우리는 돌 씹은 기분이다. 솔직히 그래서 내가 밥을 안 먹는 것이기도 하다. 도대체 숟가락을 들고 싶은 기분이 나야 말이지.

그렇게 거실로 들락날락하다가 갑자기 태은이한테서 들었던 아, 뭐라고 하던 단어의 뜻이 궁금해졌다. 찾아보고 싶었다. 교양이란 원래 몰래몰래, 틈틈이 쌓아두어야 하는 것. 그런데 아, 뭐였더라. 아무리 용을 써도 비좁은 내 머리가 그것을 떠올리지는 못했다. 같이 들었던 앞자리 애한테 '그게 뭐였지?' 하면서 문자를 보냈으나 대답이 없다. 이것들이 도대체 반장을 뭘로 아는 거야!

할 수 없이 태은이한테 문자를 보냈다.

네가 씨부렁거렸던 그게 아수라였더냐?

이건 사실 교묘한 방법이다. 아수라가 아니라는 건 나도 안다. 농담인 척하면서 나의 무식함을 적당하게 가려놓았다고나 할까. 상대방이 무식 어쩌고 치고 나오면 곧장 농담이라는 구멍으로 줄행랑치면 그만이다.

그런데 하아, 지칠 때까지 기다려도 역시 대답이 없다. 내일 만나면 가만히 안 둬야지. 지가 뭔데 내 말을 씹어.

그러다가 침대에 가만히 누워 오래전 일을 떠올렸다.

초등학교 3학년 때쯤에는 태은이와 규원이와 나, 이렇게 셋은 거의 매일 붙어 지냈다. 태은이네 엄마는 자주 우릴 불러 놀게 했다. 맛있는 거 먹는 것은 기본이었다. 그러다가 당시 우리 반 아이들 거의 모두의 머리에 이가 버글거리는 사태가 발생했다. 태은이는 아니었지만 규원이와 내 머리에도 하얗게 서캐가 끼어 있었다. 그것을 최초로 발견했던 태은이네 엄마가 전염병자 취급을 하며 법석을 떨더니 그 자리에서 서캐를 뽑기 시작했다. 놀다가 날벼락을 맞은 우리는 꼼짝없이 아줌마 무릎에 갇히고 말았다. 휴지에다 촉촉하게 물을 먹여놓고 갓 뽑은 서캐를 거기에 발랐는데 색깔이 머리에 붙었을 때와는 달리 까매져서 신기했다. 나중에는 우리 엄마와 규원이네 엄마도 알고 달려왔다.

"상 차려놓은 김에 여기서 다 뽑아버리죠?"

엄마들이 각자의 아이들을 데려가려고 하니까 태은이네 엄마가 말렸다. 나는 상 차려놓았다는 말이 이해가 안 갔으나 뭐라 말하기 어려운 죄의식을 안고 엄마들 무릎에 파묻혀 있느라 감히 물어보지도 못했다. 서캐를 다 뽑는 데 무려 세 시간이나 걸렸다. 미칠 만큼 지루한 시간이었다.

고맙기는커녕 거의 원한에 가까운 감정을 품고 그 집에서 나왔고 이후 오랫동안 다시 가지는 못했다. 알고 봤더니 태은이가 위험한 심장 수술을 앞두고 있어 아줌마가 특별히 우리를 불러 놀게 하였던 것이다. 심장과 연결된 정맥과 동맥의 관이 서로 뒤바뀐 채 태어난 게 태은이의 문제였다. 수술 후 심장에서 피가 새는 것도 큰 골칫거리였다. 그때 태은이가 살아날 가망성은 30퍼센트도 안 됐다고 한다. 서캐 때문에 태은이는 세상에서 마시막일시도 모르는 순간을 그렇게 보내고 수술에 들어갔다.

그래도 5학년 이후 태은이는 많이 좋아졌다. 결석이 잦았지만 공부도 그냥저냥 따라붙었다. 하지만 뭔가 애들하고 코드가 안 맞을 때가 많았다. 누구보다 태은이가 그걸 못 견뎌 했다. 애들은 이상한 만큼 너그럽게 그런 태은이를 배려하고.

문자가 들어와서 펼쳤더니 태은이가 아니라 앞자리 애였다.

정확히는 기억이 안 나는데 아우라였던 것 같아

맞는 것 같았다. 혹시 잊어버릴까 봐 적어두었다. 벽지에다 아무렇게나.

인터넷에 들어가 글자를 쳤더니 사전적 의미가 올라와 있다.

① 예술 작품에서 흉내 낼 수 없는 고고한 분위기를 말하는 것으로 작품의 원본만이 가지고 있으며 복제가 가능한 사진이나 영화 등에는 생겨날 수 없다.
② 어떤 대상이 가진, 다른 것과 구별되는 독특한 분위기.
(예문: 이 사진은 기술적으로는 훌륭하지만 아우라가 없어)

말뜻을 대충 알아듣겠다는 생각이 들었다. '이 사진은 기술적으로는 훌륭하지만 아우라가 없어'라는 구절이 '송영주는 예쁘지만 아우라가 없어'라는 의미로 읽혔다. 나는 화를 꾹 눌러 참고 화면 아래로 내려갔다.

여러 기사의 헤드라인 뉴스에 '아우라'라는 말이 붙어 있었다.

블링블링 드레스룩 '여배우 아우라 물씬'

여배우 OOO, 팜므파탈 아우라 발산 '섹시'

훈남 미대형 아우라

헐! 한마디로 말해 여자에게 아우라가 없다는 것은 콧대가 없는 거랑 비슷할 것 같았다. 그러니까, '예쁘다'의 기준은 아우라가 있느냐 없느냐로 정해지는 것이다. 그 기준에 입각해보면, 아니 태은이가 볼 때 나는 예쁘지 않다는 이야기였다.

"이것이!"

주먹을 꽉 쥐었으나 영화에서처럼 우두둑, 하는 소리는 들리지 않는다. 혹시나 싶어 정보를 더 찾아보았다. '아우라'라는 말은 독일의 철학자 발터 벤야민이 『기술복제 시대의 예술작품』이라는 책에서 제안했던 말이란다. 1892년에 태어났다니 완전 고생대 사람이다. 기술복제라는 것이 사진과 영화 예술을 말한다는 것은 한참 후에나 파악했다.

툭하면 영화 보고, 아니면 빈둥거리고.

그것이 태은이가 시간을 보내는 방법이었다. 19금도 예사로 본다. 영화는 태은이의 가정교사다. 당연히 학원은 안 다닌다. 아니, 기타는 배운 적이 있다. 학원이 아니라 개인 레슨이지만 오랫동안 꾸준하게 시간을 투자했다. 한마디로 말해 아프다는 이유 하나로 오리지널 베짱이로 살아왔다. 그러더니 마침내 현실감각을 잃어버리고 만 것 같다. 이런 아우라니 뭐니 말도 안 되는 추상적인 것으로 사람을 평가하려 들다니. 제가 알면 뭘 얼마나 안다고.

놋다리 공주 면접 본 애들이 어디선가 복사해와 남발했던 거짓말에도 아우라가 없었다. 그래서 거부감을 줬던 것 같다. 그렇다면 아우라는 어떤 것이 진심이고 진짜인지를 입증하는 것인가?

진심이 무엇이냐고?

흥! 그건 그냥 예쁜 거다. 두말할 게 없다.

내가 예쁘다는 것은 그야말로 객관적 사실이 아닌가. 어느 누구도 부정하기 힘든 완전하고 확고부동한 진실. 그게 바로 나다. 아니, 나여야만 한다.

"입만 다물면 진짜 예술인데."

태은이는 분명히 그렇게 말했다. 입만 다물면…… 내가 좀 말이 많긴 하지. 안 해도 되는 말도 좀 하고…… 그렇다고 언제나 입 다물고 가만히 있을 수는 없지 않을까. 그것이 나의 미모를 훼손한다는 말은 더더욱 받아들일 수 없다.

태은이 말을 달리 해석하면 수다는 아우라를 파괴한다는 것이다. 예쁜 것이 예쁜 것으로 대우 받는 것을 방해한다.

그렇지만 말이 많은 게 나인 걸 어떡해. 내가 아닌 다른 사람인 척한다면 그건 더 이상 내가 아닌 가짜 송영주가 아닐까. 아우라를 가진 가짜 송영주로 살 것인가. 아니면 아우라 없는 수다쟁이로 살 것인가.

대답은 분명하다.

말을 줄여야 할 것 같다.

하지만 무슨 수로?

나는 다시 한 번 태은이한테 문자를 보냈다.

너에게 세상의 모든 아수라를 보낸다 후—

역시 답은 없었다. 나는 휴대전화를 팽개치고 할 수 없이 공부를 하려고 책을 펼쳤다. 중요한 모의고사가 코앞에 닥쳐와 있었다. 3월 모의고사를 망쳐서 반장 체면에 먹칠을 해놓았으니 이번에는 잘 쳐야 한다.

그때 갑자기 배고픔이 밀려와서 할 수 없이 밥을 먹었다. 이번 일요일에는 왜 이렇게 할 수 없는 일들이 많이 일어나는 걸까. 할 수 없이 놋다리 공주도 포기했는데.

하지만 할 수 없는 일은 또 한 번 더 생겼다.

내 방에서 전화벨 소리가 들려서 밥 먹다 말고 달려갔더니 태은이였다. 그런데 요 베짱이가 "문자 보냈었네"라든가 "용건이 뭐야?"라고 묻는 게 아니라 대뜸 "들어봐"라고 하더니 띵가띵가 기타 줄을 튕기는 게 아닌가.

오랜만이야 정말 보고 싶었지만 내 하찮은 자존심이 허락 안 했어 헤어진 후에 많이 달라진 것 같아 늘 해오던 긴 머리가 네겐 어울려……

나도 모르게 귀 기울여 들었다. 아는 노래였다. 버스커버스커의 「동경소녀」로 나 역시 좋아하는 노래였다. 우리 집 달력엔 버스커버스커의 첫 앨범 나온 날이 표시되어 있다.

「동경소녀」에서 장범준이 "나는 서글퍼"라고 하는 대목이 나는 예술이라고 생각한다. 서글프다는 게 어떤 감정인지를 알게 해주니 말이다. 태은이 식으로 말하면 장범준만의 아우라가 느껴지는 대목이다. 히히…… 마치 『해리포터』에서 내가 좋아하는 어떤 장면에 도착하기 위해 처음부터 그 책을 다시 읽듯이 그 대목에 이르기 위해 나는 그 노래를 반복해 듣는다. 책 읽는 것만큼 시간은 많이 안 걸리지만 책 한 권을 읽고 난 기분이 되는 것도 좋았다. 그걸 태은이도 좋아할 뿐 아니라 장범준에 버금가는 실력으로 기타 치고 노래한다는 것이 내 신경을 마구 긁었다. "나는 서글퍼"도 진짜 서글프게 들려서 흉내가 아닌 것 같다.

노래가 끝나자 태은이가 말했다.

"넌 역시 감성이 부족하구나."

"뭐야?"

"좀 전에 규원이한테 들려줬더니 뭔가 복받쳐 하던데."

"우리 규원이한테 왜 자꾸 전화질이야?"

나는 건수를 잡은 사람처럼 목소리를 높였다. 혹시 규원이를 '동경소녀'로 착각하는 거 아니냐고 했더니 말을 돌렸다.

"면접 보러 갔었다며?"

나는 속으로 상처를 받는다. 규원이가 나하고 있었던 일을 다 이야기한 눈치가 보였기 때문이다. 도대체 그 헤픈 자식의 본심은 뭘까? 나를 대하는 것 중 어디까지가 진심인 걸까.

"잘해봐."

태은이가 말했다. 또 이런 말도 했다.

"넌 운이 좋은 거야."

그 뒤에 "예쁘잖아" 혹은 "훌륭한 유전자를 타고 났으니까" 같은 말은 덧붙이지 않았다. 나는 잠시 가만히 있었다. 약간 풀이 죽은 상태였다.

잠시 후 태은이가 흘린 말은 이거였다.

"너는 앞으로 살면서 그와 같은 클라이맥스를 수도 없이 경험하게 되겠지?"

그러더니 이 웬수가 갑자기 "행운을 빌어!"라고 하는 게 아닌가. 그러면 나는 "네가 안 빌어줘도 난 잘될 거야"라고 받아쳐야 하는데 갑자기 입이 얼어붙은 것처럼 말을 듣지 않았다. 나는 어버버버, 하다가 할 수 없이 전화를 끊었다. 수화기를 내려놓는 그 순간 내가 느낀 감정은 분명히 '이상하다'는 것이었다.

꽃씨 대신 소금

아침에 자고 일어났더니 '그래도 혹시?' 하는 생각이 들었다. 다른 면접 팀에서 누가 어떤 말로 얼마나 큰 감동을 주었는지 모르지만 결국은 도토리 키 재기가 아닐까. 우리가 거짓말을 했든 진심을 말했든, 아니면 겸손했든 건방져 보였든 그걸 다 우리 책임이라고 할 수 있을까. 나는 기다려보기로 결심한다.

휴대전화 배터리를 빵빵하게 채우고 집을 나섰다. 교실에 도착한 내가 제일 먼저 휙, 살펴본 것은 태은이 자리였다. 태은이 자리가 비어 있다는 것을 확인한 순간 가슴이 철렁 내려앉았다. 예상이 맞았기 때문이다.

2교시가 지나도 태은이는 오지 않았다. 나는 내 안에 침처럼 돌고 있는 어떤 생각들을 밀어내기 바빴다.

그럴 수도 있지.

그럴 수도 있다. 태은이가 결석한 게 어디 한두 번인가. 고1들어서만도 벌써 두번째다. 안 좋은 예감이라기보다는 일종의 습관인 것이다. 그렇게 하루 종일 기타나 치고 하니까 건강이 나빠지는 건 당연하다. 멀쩡한 애들도 몸을 피곤하게 혹사하면 아픈데. 하지만 건강이 회복되면 천연덕스럽게 다시 학교에 나와 아우라니 뭐니 헛소리를 하면서 내 염장을 지를 것이다. 그게 태은이한테 어울린다.

솔직히 영화를 많이 보는 것은 부러운 일에 속한다. 우리가 아무 짝에도 쓸모없는 교과서와 씨름하는 동안 졸아가면서 봐도 얼마나 많은 영화를 볼 것인가. 우리와 좀 다르기는 하지만 나는 태은이가 앞으로도 그런 생활을 죽 이어갈 수 있기를 바란다.

아니, 아니다. 태은이에 대한 걱정을 잊고 다른 것에 집중하고 싶다. 내가 왜 그 계집애를 걱정해야 하나.

다행히 나에게는 놋다리 공주라는 대피처가 있다. 1차 면접에 합격했으면 좋겠다. 문자가 왔으면 좋겠다.

수업 하나가 끝날 때마다 혹시나 하고 휴대전화를 열어보지만 감감무소식. 3교시가 시작되면서 공주 되기는 확실히 포기해야겠다는 생각을 했다.

그런데 6교시 끝나고 휴대전화를 열어봤더니 1차 합격을 알리는 문자가 도착해 있다. 기분이 날아갈 것 같았다. 당연히 온 교실을 휘젓고 다니면서 소란을 피웠다. 남자애들까지 시끄럽다며 반장

잘못 뽑은 것을 후회했다.

그렇게 겨우 태은이를 잊었지만 규원이가 나를 가만 놔두지 않았다.

"왠지 알아?"

태은이의 결석을 말하는 거였다. 나한테 축하한다는 말은 하지 않았다. 옆구리를 찔러봤더니 "그걸 꼭 말해야 아냐?"라고 하더니 여전히 태은이 걱정을 앞세웠다.

"태은이가 기타 치고 노래하는 소리 듣고 울컥한 네가 알지 내가 어떻게 아냐?"

나는 그렇게 비꼬아주었다.

종례시간에 담임이 그 이야기를 꺼냈다.

"태은이는 당분간 학교에 못 나온다."

"왜요?"

수술을 위해 입원을 앞두고 있다고 했다. 갑작스러운 게 아니라 학기 초부터 미리 예정된 일이란다. 맙소사! 그런 걸 우리한테는 귀띔조차 안 하다니.

"그래도 너네들이 지난번 태은이 생일날 좋은 추억을 만들어준 것 같아 내 마음이 아주 나쁘지는 않다."

담임은 애써 긍정적으로 생각하려고 하는 것 같지만 나는 적지 않은 충격을 받았다. 생일날 카드도 건너뛰었는데, 지금까지 한 번도 잘해주지 못했고…… 내가 공주가 되어 탄천을 건널 때 멀리서 지켜봐주길 바랐는데.

너에게 세상의 모든 아수라를 보낸다

이런 장난도 치지 않았던가.

"태은이 어머니께서 면회는 정중하게 거절하셨다. 워낙 예민한 수술이라…… 미리 입원한 것도 거기에 대비하기 위한 거야. 하지만 우리 반 대표로 반장하고 규원이가 일찌감치 한 번 다녀오는 건 괜찮을 거야. 규원이는 사진 몇 장 찍어와라. 꼭!"

교실 분위기가 순식간에 가라앉았다. 다들 머릿속으로 태은이를 생각하는 눈치였다. 우리가 모두 한 사람으로 합쳐진 것 같다. 연약한 생명의 꺼져가는 숨소리 앞에서는 다른 감정이 있을 수 없다. 비어 있는 한 자리는 교실만 한 사람 얼굴에 튀어나온 뾰루지, 혹은 함몰된 여드름 자국 같다고나 할까. 그 뾰루지 때문에 교실만 한 사람은 아프고 불편하다. 나는 반장이라는 것을 상기하면서 태은이 얼굴을 그려본다. 그러자 몸이 확 뜨거워지면서 목으로 무언가 울컥하고 올라왔다. 나는 일어나 화장실로 갔다.

칸막이 안에서 다시 한 번 1차 합격 통보 문자를 확인했다.

축하합니다 송영주 양 1차 면접 합격입니다 2차 면접은 4월 21일 토요일 3시입니다 순간 도둑맞은 게 있다는 것을 알았다. 만약 도둑맞은 게 1차 합격의 기쁨이라면 그것을 훔쳐간 것은 태은이가 분명하다. 네가 나에게 뿌린 것은 꽃씨가 아니라 소금인 거야. 나쁜 것!

"너도 섭섭하지?"

집으로 돌아가는 길에 규원이가 물었다. 내가 하나도 안 섭섭하다고 말하려는데 규원이는 남의 속도 모른 채 "나한테는 그러지 않을 줄 알았는데"라고 하는 게 아닌가. 아우, 된장!

"일요일에 통화도 했었는데."

"나도 알거든."

나는 톡 쏘아붙였다. 암튼 못된 계집애인 건 확실하다.

규원이가 물었다.

"너한테도 암말 안 했어?"

"응."

"이상하네. 태은이가 우리한테 이럴 리가 없는데."

규원이가 고개를 갸웃거렸다. 그러자 불현듯 머리를 스치는 게 있었다. 규원이가 태은이 생일날 보낸 쪽지 때문에 화가 나서 읽지도 않고 버리다시피 했던 태은이 편지! 혹시 거기에 적힌 내용이? 맙소사! 너무 괴로워서 도리질을 쳤더니 규원이는 그것을 다르게 받아들인 모양이다. 슬그머니 내 손을 잡더니 "걱정 마, 괜찮을 거야"라며 위로를 건넸다.

저만치 집이 보이는 곳에 이르자 규원이가 말했다.

"언제 갈래?"

"뭐?"

"병원에."

"아무 때나."

"그래."

그러고 우리는 헤어져 각자의 집으로 갔다. 내 방에 도착해서 알았는데 오늘 받았던 상처가 순간으로 끝난 게 아닌 것 같다. 왠지는 모르지만 상처 받음이 계속 진행되고 있었다. 보이지 않는 곳에서 피가 멈추지 않고 연신 흐른다.

"어이구."

나는 교복을 벗지도 않고 침대 위로 몸을 날려 엎어졌다.

"다음에 입원한다면 난 깨어나지 않을 거야."

언제가 태은이가 했던 말이 귀에 생생하게 울린 것은 참으로 난데없는 일이었다. 나는 놀라서 벌떡 일어나 앉았다. 그것 때문이었구나. 그것 때문에 내 마음이 이렇구나.

그런데 그건 깨어날 수 없을 거라는 말일까, 아니면 깨어나고 싶지 않다는 걸까.

"난 지쳤어!"

또한 할머니들이 해야만 어울리는 그것은 태은이가 했던 말일까 아니면 태은이를 보고 내가 느낀 것일까. 직접 들은 것 같기도 하고 상상한 것 같기도 하다.

그때 엄마가 빨래 갠 것을 잔뜩 안고 방으로 들어왔다.

"노크 좀 하면 안 돼?"

내가 좀 짜증을 냈더니 엄마 입에서 험한 말이 튀어나왔다.

"넌 어쩜 그렇게 외할머니랑 똑같니?"

엄마의 아킬레스건은 지금도 외할머니인가 보다. 방을 나가려던 엄마가 참, 하고 돌아서더니 "태은이 학교 안 왔지?" 하였고 잠시 후에는 "너 모르지?" 했다.

"드디어 연결이 됐단다."

"뭐가?"

"심장 말이야. 이번에 이식 들어간대."

"그래?"

나는 더럭 놀라며 엄마를 마주 보았다.

"그럼, 잘된 거 아냐? 잘된 거지?"

"다른 경우와는 달리 위험도가 조금 더 높다고 하더라. 원초적으로 하자가 있었던 심장이잖아. 하지만 선택의 여지가 없으니까 할 수 없는 거지. 돈도 문제고. 태은이 아빠 퇴직금을 미리 받아도 조

96

금 모자란다고 하더라. 우리 집 같았으면 아마……"

"돈 얘기 너무 지겨워, 엄마."

나는 엄마를 방 밖으로 밀어내고 교복을 벗어 걸었다. 책상에 앉았으나 머리가 띵했다. 포화 상태다. 지난번 태은이가 준 편지에 이런 이야기가 적혀 있었을 거라는 건 거의 확실한 것 같다. 그걸 읽지도 않고 버리다니. 태은이는 답장이 안 와서 얼마나 섭섭했을까.

암튼 태은이에게 닥친 상황을 이해하기에는 내가 너무 작고 어리석은 것 같다. 내 곁에서 생긴 일이 아니라 지구 밖에서 일어난 사건 같다.

내 사과를 받아줘!

엄마하고 규원이네 엄마는 완전히 화해를 한 것 같았다. 좋기도 하고 겁나기도 한 일이다. 이 집 저 집 몰려다니면서 수다를 떠는 것은 보기 좋지만 괜한 것을 만들어 억지로 먹이려 드는 데는 두 손 두 발 다 들었다.

특히 수요일은 조심해야 할 날이다. 저녁을 안 먹고 집에 가면 갓 실험을 끝낸 요상스러운 폭탄이 나를 기다리고 있을 가능성이 높기 때문이다.

"이거 유자차하고 커피 섞은 건데 먹어봐, 죽인다."

엄마가 말했다. 밥도 안 먹은 상황에서 그런 제안을 받고도 가만히 있을 사람은 거의 없겠지만 나는 그렇게 한다. 엄마 옆에 아줌마가 있기 때문이다. 낮부터 둘이 함께 놀면서 아이들이 집에 오든 말든 신경 안 쓰고 내리 논다. 아빠가 귀가하면 아줌마는 할 수 없이 집으로 돌아가지만 오늘은 그럴 가능성이 희박하다. 아빠는 10시 전에 집에 오는 일이 거의 없기 때문이다. 그나저나 유자차와 커피의 배합이라니, 말만 들어도 토가 나올 것 같다.

"새콤해서 맛도 좋지만 나중에 혓바닥에 퍼지는 충만한 맛이 진짜 예술이야. 얼른 마셔봐. 그리고 느껴."

욱!

하지만 애써 참는다. 참고 한입 물고 있다가 삼킨다. 카아! 그것이 내 입에서 나온 나의 소리라는 것을 나도 다 믿을 수는 없다. 어차피 어른이 된다는 것은 이와 같은 게 아닐까. 아니라고 생각되는 것, 맞지 않다고 분명하게 느껴지는 감정들을 누르고 아닌 척하고, 안 그런 척하는 것. 엄마를 보면 알 수 있다. 속으로는 좋아하는 것과 좋아하지 않는 것이 분명하게 나뉘는데도 그중 하나를 선택해 적당히 거짓말한다. 그리고 시치미를 뗀다.

"어때?"

과학자들이 실험용 마루타에게 묻는다. 나는 생각하는 척하면서 혀 안에 고인 나의 느낌을 살펴본다.

"모르겠어요."

나는 아직 어른 흉내는 내고 싶지 않다. 규원이는 내가 손을 잡거나 하면 왜 자꾸 어른 흉내를 내냐고 하는데 천만의 말씀이다. 나는 좋으니까 그러는 거다.

"그래, 네가 맛에 대해 뭘 알겠니."

엄마가 한 말이다. 순간 갑자기 열이 확 오르지만 어떻게 할 도리가 없다. 다행히 아줌마가 공주라고 불러주는 바람에 마음이 풀렸다.

"감상문 보내줘서 고맙다. 이건 그 보답."

아줌마가 가벼운 봉지 하나를 내밀었다. 색이 다 다른 볼펜 여섯 자루가 들어 있다. 뚜껑 위에는 0.28밀리미터라고 적혀 있었다. 나는 옆에 놓인 우편물에다 글자를 써본다. 맘에 든다. 가늘고 똥도 없다.

"어, 이거 제가 좋아하는 건데, 어떻게 아셨어요?"

"그럼 내가 그것도 모를 줄 알았니?"

아줌마가 웃었다.

"책 재미있게 읽었어요."

말하면서도 나는 두렵다. 책에 관해 또 뭘 물어볼까 봐. 내가 할 수 있는 말은 메일에서 다 썼는데. 다행히 별 말이 없었다. 책 나온 지 오래되어 그런가 보다.

저녁을 먹고 재빨리 내 방으로 들어갔다. 엄마들은 수다의 실마리를 티브이 드라마에서 찾고 있었다. 소파에 발 뻗고 누운 아줌마 목소리가 내 방까지 들려왔다. 문자가 와서 봤더니 규원이였다.

아줌마가 면회 토요일 1시까지 오래 그러겠다고 했어

어, 나 면접이 3신데. 대번 그런 생각이 들었다. 원래는 야자가 없는 오늘 갔으면 하고 태은이한테 연락을 했는데 답이 없어서 기다리는 중이었다. 그사이에 규원이는 태은이네 집으로 전화를 해 본 모양이었다.

나는 규원이한테 전화를 걸었다.

"나 그날 면접이잖아."

"세 시잖아. 어차피 태은이는 잠깐 볼 건데 뭐."

"병원이 여기서 먼데 괜찮을까?"

"좀 빠듯하긴 해도 괜찮을 거야. 아줌마가 토요일밖에 시간이 안 될 것 같대."

"그래? 할 수 없네 뭐."

결국 토요일로 시간을 맞췄다. 규원이가 단골 사진관에서 비디오카메라를 빌리겠다고 해서 전화를 끊고 용미에게 연락했다.

"너희 비디오카메라 빌릴 수 있어?"

"왜?"

자초지종을 설명했더니 용미는 흔쾌히 그러라고 했다. 중간에 전학 온 경우여서 우리만큼은 아니지만 용미도 태은이와 친했다. 통화를 한 김에 우리는 곧장 맥도날드에서 보기로 했다. 어차피 학원에 가야 하기 때문이다.

"너 면접 볼 때 좀 웃겼다며?"

"헐! 규원이가 그래?"

"아니, 그날 너하고 같은 조로 면접 본 애 중에 내 친구 친척이 있었어."

"누구?"

"언니가 유방암 걸렸다고 했던 애 있잖아. 그 애가 중 삼인데 내 친구 사촌 동생이야. 언니가 유방암에 걸린 게 아니라 실리콘 넣었다가 완전 망쳤대잖아. 부작용 심해서 직장도 그만두고 집에서 맨날 울기만 한대."

"헐!"

"넌 남을 짓밟고 싶다고 했다며?"

"미쳤니? 아니다."

나는 펄펄 뛰면서 해명에 나섰다. 그렇게 생각했다가 마음을 바꾸었다고 말하려는데 면접이 끝나서 기가 막혔다고 했으나 용미는 믿지 않았다. 문제는 '언니 유방암' 그 애도 1차 면접을 통과했다는 것이다. 거짓말쟁이에다 별로 예쁘지도 않은 애를…… 정말 실망스럽다.

"암튼 예상 문제 뽑아서 많이 연습해라."

"예상 문제?"

"지난번처럼 물에 빠지면 어쩔 거냐는 그런 질문 막 할 거 아니야. 대비를 해야지."

"그……래?"

"너 몰랐어? 얘 왜 이렇게 한심하니?"

용미는 떠오르는 대로 팍팍 구박한다. 거침이 없다. 원래 그런 애다. 그나저나 예상 문제라니. 자다가 물벼락 맞은 기분이다.

학원에서 내내 딴생각에 빠졌다. 지난번에 이어 생각을 만들어 보려고 애를 썼다. 공부 못하는 자식과 돈 못 버는 아버지 때문에 이상한 배고픔에 시달리는 엄마 이야기 말이다. 그러나 아무리 머리를 쥐어짜도 자가당착에 빠진 느낌이다. 그런 엄마에게 줄 기쁨이란 공부 잘하는 것 말고 뭐가 있을 수 있단 말인가. 그런 소리는 너무 상투적이고 김빠져서 안 하느니만 못한 것 같다. 물론 그런 걸 좋아하는 어른들이 있을지는 모르지만.

수업 끝나고 용미와 헤어져 집으로 돌아오는데 좋은 아이디어가 떠올랐다. 나는 집에 도착하자마자 연습장을 폈다. 제목은 '내 사과를 받아줘!'로, 아줌마의 책 제목과 같았다. 태은이와 나의 이야기였다. 나는 편지를 함부로 취급했던 내 잘못을 떠올리면서 이야기를 적어나가기 시작했다.

내 친구 태은이는 심장병 환자이다……

적어놓고 보니 암에 걸린 엄마 아빠, 언니 이야기와 다를 게 없다. 거짓말쟁이들 때문에 나만 피해 보게 생겼다.

나는 연습장을 훅 찢어서 구겨버렸다. 아줌마가 쓴 동화 중에 가짜 교통사고 환자들이 넘치는 바람에 진짜 교통사고 환자인 아빠가 의심받아 보험회사로부터 조사를 받고 가짜 판정을 받는다는 대목이 나오는데 완전히 그 꼴이었다.

첫 문장을 다시 시작해본다.

태은이는 심장의 정맥과 동맥이 뒤바뀐 채 태어났다……

차라리 신발이 바뀌었다고 하는 게 낫겠다. 나는 다시 연습장을 구겨버렸다. '환자'라는 단어를 피해도 태은이가 병에 걸린 환자가 아닌 것은 아니다. 내 친구가 죽을병에 걸린 환자인 한 내 이야기는 지어낸 이야기, 거짓말로 의심받게 되어 있다. 이건 아무리 발버둥 쳐도 소용없는 일이다. 나는 한 시간 반 만에 멋진 아이디어를 폐기처분해버렸다. 아이디어는 쓰레기통으로 들어갔다.

나는 잠자리에 들면서 중얼거렸다.

"내 사과를 받든지 말든지!"

그랬더니 놀랍게도 꿈에 사과가 나왔다. 나는 사과 한 알을 믹서에 갈아 태은이에게 건넸다. 그리고 말했다.

"내 사과를 받아줘!"

숨 쉬는 연습

토요일이었다. 나는 새벽같이 일어나 가로 22센티미터, 세로 10센티미터짜리 긴 띠지를 만들고 글씨를 그림처럼 그렸다. 그러느라 헐레벌떡 정신없이 오전을 보냈다.

내 사과를 받아줘!

띠지에는 그렇게 적혀 있었다. 그냥 글씨를 대충 손으로 쓰거나 컴퓨터로 프린트할 수도 있었지만 굳이 그렇게 공들인 것은 그만큼 공주가 되고자 하는 나의 열망이 절박했다고 할 수 있다. 나는 꼭 공주가 되고 말 테다.

만나자마자 규원이는 내가 든 쇼핑백의 정체를 물었다.

"믹서야."

그러고 나서 나는 침을 튀겨가며 내 아이디어를 전했다. 우선 내 이야기 속의 태은이는 환자가 아니다. 그냥 그 애는 내가 사과할 필요가 있는 친구였다. 나는 잘못한 게 있었다. 내가 생각한 것은 바로 사과하는 방법이다. 먼저 면접관들에게 띠지를 보인 다음 믹서를 이용해 사과를 갈아 한 잔 내민다. 그걸로 끝.

나는 "보나 마나 일 분씩만 말해보라고 할 거야. 기발하지 않니?" 하면서 규원이의 동의를 구했다.

"괜찮은 것 같아."

규원이가 말했다. 우리는 전철을 타기 전에 지하철 사물함에다 쇼핑백을 넣었다. 어차피 면접 장소에 가려면 그곳으로 돌아오게 되어 있었다.

환승역을 두 번이나 거치느라 병원에 도착하기도 어려웠지만 C동과 D동을 분간하느라 또 한참 헤맸다. 그래도 워낙 일찌감치 나서서 병실 앞에 도착했을 때는 1시가 채 못 된 상태였다. 노크 소리에 문이 열리더니 수척해진 아줌마가 나왔다. 안에 태은이는 없었다.

"지금 상담 치료를 받으러 갔는데 어떡하지?"

"좀 걸리나요?"

"그럴 것 같아. 한 시간 후에 와줄래?"

멀리서 온 우리가 그냥 돌아서니까 안 됐다는 생각이 든 모양이다. 아줌마가 다시 우리를 불러 세웠다.

“밥은 먹었니?”

내가 막 안 먹었다고 하려는데 규원이가 얼른 나섰다.

“집에서 먹고 왔어요. 걱정 마세요.”

“그래? 그럼 이리 와서 이거 가져가렴.”

아줌마가 우리에게 안겨준 것은 음료수와 제과점 빵이었다. 누군가 문병 오면서 사 온 것인지도 모른다. 우리가 밥을 먹었다고 했지만 아줌마는 안 먹었다는 것을 눈치챈 거다. 아줌마들이 최고로 잘하는 것은 남의 눈치를 간파하는 거니까.

“규원아, 영주야.”

“네?”

아줌마는 부탁할 게 있다며 잠시 망설였다.

“이따가 태은이 만나면 말을 좀 조심해주었으면 한다.”

무게를 가늠해보기라도 하듯 아줌마는 규원이가 멘 비디오카메라의 끈을 잡았다가 놓았다. 우리는 왜냐고 묻지 않고 가만히 서서 듣기만 했다.

“심장이식을 하기로 다 맞춰놨는데 자꾸 거부하지 뭐니. 그 애가 좀 자극적으로 나올지도 모르는데……”

“왜 거부하는 건데요?”

아줌마는 규원이의 눈을 한참 뚫어져라 바라보았다. 생각이 많아 보였다. 마음고생이 심한 것 같다.

“무섭고 이상하고 그런가 봐. 남의 심장이 내 것이 된다는 것을 좀 받아들이기 어려워하는 것 같아."

"네……"

"의사는 면회 안 된다고 했지만 차라리 어떤 돌파구가 되지 않을까 해서 슬쩍 말해봤는데 다행히 태은이가 너희를 만나고 싶다고 해서……"

"네."

"규원아……"

"걱정 마세요. 저희가 잘할게요."

"그래, 미안하고 고맙다."

붉어진 눈을 보이고 싶지 않은지 아줌마가 먼저 돌아섰다. 아줌마의 뒷모습을 보고 서 있자니 첩첩산중이라는 말이 떠올랐다.

빵을 먹을 곳이 마땅치 않아 지하 매점으로 갔다. 자리를 잡을 욕심으로 우선 아이스크림 두 개를 샀다. 사실 규원이도 나도 빵은 별로였다.

우리는 말없이 아이스크림을 핥아 먹었다.

다 먹고 막대만 남았을 때였다. 규원이가 손바닥으로 자신의 가슴을 짚으며 말했다.

"방금 이 안으로 들어간 아이스크림은 나일까 아닐까?"

다른 날 같으면 무슨 원숭이 딸꾹질하는 소리냐며 한참 쪼았겠지만 나도 모르게 위장과 십이지장 등으로 퍼져나가고 있을, 방금까지만 해도 아이스크림이 분명했던 물질의 잔해를 떠올려본다.

그러자 내 입에서는 "오 맙소사!"라는 한탄이 절로 터져 나왔다. 규원이 말은 태은이 배 속으로 들어간 남의 심장을 태은이에게 포함시킬 수 있을까, 라는 질문이기 때문이다. 그것은 왠지 '태은이는 누구냐?'에 대해 우리가 알고 있는 대답을 주저하게 만들 것 같다.

나는 이렇게 말했다.

"난 태은이 만나기 싫어."

"나도."

"너도?"

"응."

규원이까지 그렇게 나오니 좀 난감했다. 남의 심장이 내 안에 들어와 펄떡거린다면 난 죽어버리고 싶을 거야. 내 머리에 늘어와 상상력을 불러일으키는 끔찍한 그림은 그것이었다. 태은이를 만나면 망측한 내 입은 그 말을 해버릴지 모른다.

"그래도 넌 침착하잖아. 난 네가 태은이를 만나는 건 찬성이야. 믿으면 안 되는 건 바로 나라고. 난 나를 믿을 수 없어."

"난 울어버릴 것 같아. 그러면 안 되는 거잖아."

"울면 안 되지. 참아야지."

"못할 것 같아."

"그래도 잘 참을 거지?"

"자신 없어."

"지금부터 우리 연습하자. 네가 울지 않고 태은이를 만날 수 있는 연습."

"넌?"

"난 너 연습하는 거 조금 보다가 시청에 면접 보러 가야지. 늦으면 안 되는 거잖아."

"그렇구나."

"우리 연습 시작하자."

"그래."

하지만 우리가 같이할 수 있는 연습이라고는 눈을 감고 가만히 숨을 쉬어보는 것뿐이었다. 숨을 깊이 참았다가 한꺼번에 뱉어낼 때는 마음이 조금 편안해졌지만 무기력하고 너무 소극적인 방법인 것 같았다.

2시가 되어 우리는 다시 병실로 올라갔다. 나는 태은이 얼굴만 보고 갈 작정이었다.

"방금 잠들었다. 거기 앉아서 잠시만 기다려줄래?"

아줌마가 미안한 표정으로 웃었다. 그래도 태은이가 잠이 들어서 좋아하는 것 같다. 잠은 망각을 가져오고 우리를 다시 살게 하는 힘을 준다.

나는 혼자서 병원을 나와 지하철로 갔다.

언니 유방암과 랩 그리고 거짓말

전철을 타고 중간쯤 가자 내 안에서 태은이의 비중은 약해지고 면접 볼 걱정이 슬슬 발동하기 시작했다. 머릿속으로 그림을 정리하고 할 말을 요약했다. 왠지 모르게 간이 커진 것 같다. 아마도 병원에서의 경험이 나를 간 큰 아이로 만든 게 아닐까.

지하철에서 쇼핑백을 찾아 시청으로 갔다.

"다들 이쪽으로 오세요."

안내에 따라 대기실 안으로 들어가고 대기실 문이 닫히자 나 혼자만 있는 것 같았다. 대기실 안에서는 규원이도 태은이도 생각나지 않았다. 나는 오직 나 자신만을 걱정했다. 그 애들은 서로 면회를 하고 나는 면접을 본다. 그것이 전부다. 나는 내가 이기적이라는 사실을 부정할 생각은 없다. 나는 그런 아이다.

그런 기분으로 면접관 앞에 섰다. 이번에도 여러 명이 한꺼번에 보는 면접이었다. 한 사람 한 사람 이름과 얼굴을 확인하고 나더니 면접관이 입을 열었다.

"일주일 동안 잘 지내셨어요?"

"네."

꼭 학교 체육 시간 같았다. 요즘은 거의 안 하는 체육 말이다.

질문이 시작되었다.

"공주를 희망하는 사람?"

쭈뼛쭈뼛 여덟 명 모두 손들었다.

"시녀를 희망하는 사람?"

아무도 손들지 않았다. 잠시 침묵이 흐르고 내 이마에서는 식은 땀이 흘렀다. 뭐야?라는 불만이 밖으로 튀어나올까 봐 주의를 기울였다.

면접관이 다시 물었다.

"그럼, 어떤 공주가 되고 싶은지 사연을 일 분씩 짧게 말해보세요. 그쪽부터 발표하세요."

헉!

여기저기서 가쁜 숨소리가 들렸다. 나도 좀 놀랐다. 지난번과 면접 과제가 이렇게 똑같을 수 있나. 이래도 되나.

첫번째 발표자가 말했다.

"저는 놋다리 공주가 되어 우리의 전통문화를 세계에 알리고자

합니다……"

순간 나는 칫, 하고 비웃었다. 나도 생각을 안 해본 건 아니다. 이 면접은 누가 뭐래도 결국은 '꽃씨를 뿌리겠다고 말할 때까지 주리를 틀라' 버전인 것이다. 그래서 안 했다. 우리 외할머니가 좀 그런 식이었다. 자기 취향대로 채운 장바구니를 자식들이 거부하면 계속 전화해서 귀찮게 한다. 장바구니 가져가라고는 안 한다. 그냥 새벽에도 전화하고 한밤중에도 전화해서 엉뚱한 소리를 한다. 결국 며느리들이 항복하고 그 장바구니를 들고 가야만 더 이상 전화를 안 건다. 나는 우우— 하고 싶은 걸 겨우 참았다. 어른들이 원한 정답은 '전통문화를 세계에 알리는 것'이고 첫번째 발표자는 거기에 충실했다.

그렇다면 이것은 결국 정답 찾기 놀이?

면접자는 계속 말한다.

"가장 민족적인 것이 가장 세계적이라는 말도 있습니다. 그런데 우리의 전통문화는 지금 박물관 침대에 누워 인공호흡기로 숨 쉬고 있는 실정입니다. 우리 자라나는 세대가 아니면 누가 과연 우리의 전통문화를 지킬 수 있겠습니까?"

면접관들이 짝짝짝 박수를 쳤다. 나는 기분이 확 상했다. 예상과는 달리 그 애가 좀 잘한 것 같았기 때문이다. 주리를 튼 것은 사실이었다. 이렇게 중요한 면접에서 같은 질문을 반복하는 것만 봐도 알 수 있다. 그런데 주리가 틀려서 억지로 한 대답에서 왠지 모를 진지한 감정이 느껴진다. 말하자면 연기였는데 그게 통한 것 같다. 도대체 어떻게 된 걸까.

그러는 사이 두번째 발표가 이어졌다.

"저는 탄천에 대해 많이 생각해보았습니다. 어릴 때만 해도 냄새가 심한 개천이었는데 지금은 살아나서 깨끗합니다. 저는 탄천에 피어난 연꽃을 상상해보았습니다. 저는 공주가 되어 탄천에다 꽃씨를 뿌리고 싶습니다."

진짜 꽃씨를 뿌릴 작정인가 보다. 비유를 모르는 아이 같다. 중딩이니까 그럴 수도 있다 치자. 그런데 연꽃이라니, 해도 너무하지 않았나.

세번째 차례는 나.

나는 앞의 아이 말을 살짝 받았다.

"꽃씨 뿌리는 공주는 이 세상을 밝게 꾸밀 사람을 말합니다. 세상은 왜 이렇게 어두울까요. 저는 최소한 거짓말은 안 하겠습니다. 제 친구에게 사과할 게 있는데 저는 거짓말이 아니라 참말로 사과를 하겠습니다."

그러고 난 뒤 미리 다 준비하고 다 연결해둔 콘센트를 벽에 가져가 꽂고는 사과를 갈아 면접관 앞에 내밀었다. 그런 다음 띠지를 보여줬다.

내 사과를 받아줘

영문 몰라하던 사람들은 웃음을 터뜨리며 박수를 쳤다. 기분이 좋다.

잠시 내 기분에 취해 있는 사이 어느새 마지막 순서가 다가왔다. 오늘 본 아이들 중에서 거의 유일하게 화장을 하고 온 것 같았다.

"저는 제가 만든 랩으로 공주 이미지에 도전하겠습니다."

면접실 안에 갑작스러운 긴장감이 돌았다. 나 역시 어? 하고 놀랐다. 그사이 마지막 발표자는 우리가 서 있어야 할 라인에서 벗어나 앞으로 뛰어나갔다.

"이 세상에 공주가 어딨어? 네가 나를 공주로 대접한 적 있어? 새벽부터 일어나 하루 종일 쓸데없는 것만 주입받는 공주, 그런 공주 봤어? 봤어? 그런 공주 봤어? 나는 믿지 않아. 공주는 없어. 그건 너희가 만든 유치한 환상일 뿐. 나는 유치하지 않아. 난 공주가 아니야. 내 이름은 정순자. 나는 정순자가 되어 탄천을 건너가고 말겠어. 봐! 공주 대신 정순자가 탄천을 건너가고 있어! 공주 대신 정순자가 탄천을 건너가고 있어!"

음악도 없이 진행되었지만 큰 반향을 불러일으켰다. 가사가 오늘의 주제와 얼마나 잘 맞는지를 따질 필요는 없다. 다들 뒤집어졌다는 게 중요하다. 면접관뿐 아니라 참가자들까지 허리띠 풀어놓고 마음껏 웃어대는 것을 보면서 내 얼굴은 울상이 될 수밖에 없었다. 중딩으로 보이는데 얼굴도 생길 만큼 생겼고 랩 실력도 뛰어나

다. 정순자가 탄천을 건너가고 있어! 완전 대박이다. 그런데!

어?

어디서 본 얼굴이다 싶어 자세히 봤더니 다름 아닌 '언니 유방암'이 아닌가.

저 거짓말쟁이가!

적어도 나에게는 모든 것이 순식간에 반전되었다. 언니 유방암과 랩과 거짓말과 정순자라니. 완전 비빔밥이다. 그것도 먹으면 절대 안 되는 불량 비빔밥이다. 나는 면접관들이 속을까 봐 겁났다. 진실을 폭로해버리고 싶어 미칠 지경이었다. 하지만 거기서 나서는 건 비겁한 용기가 필요한 일. 가만히 있고 싶지 않은데 가만히 있느라고 시간이 어떻게 가는지 몰랐다. 그 안의 모든 소리와 분위기가 내 안에서 차단되는 것 같았다. 그건 억울하게 패배할 거라는 불길한 예감과도 비슷했다. 아니나 다를까.

"네 좋아요, 아주 좋습니다."

얼핏 그런 소리를 들었다. 이를테면 그 소리만 들렸다. 가슴이 무너졌다. 일주일 동안 공들이고 노력을 많이 했는데 허사로 돌아갔다. 이제 집에 갈 일만 남은 것 같다. 젠장!

그때 갑자기 면접관이 나서서 분위기를 바꿨다.

"이중에 혹시 왜 시녀는 하고 싶지 않은지 말해볼 사람 있나요?"

아무도 나서지 않았다. 시녀는 왜 하고 싶지 않은지 말해볼 사람이 없다는 것은 사실 시녀가 되고 싶은 사람이 없다는 뜻이다. 당연한 일이다. 우월해도 알아주지 않는 세상인데 누가 일부러 열등한 역할을 맡으려고 하겠는가.

"큰일이네요. 시녀가 있어야 공주도 있는 건데. 시녀 할 사람 나올 때까지 우리의 전통문화는 여전히 박물관에서 인공호흡기 쓰고 누워 있어야겠어요."

약간의 침묵이 흐르는 사이 면접관들이 서로 뭔가를 의논했고 잠시 후 그 내용을 발표하기 위해 "여러분!" 하면서 주의를 집중시켰다.

"그럼 우리 이렇게 하도록 해요. 오늘 면접 보신 여러분 중에서 공주가 아니라 시녀가 되어도 괜찮다고 생각하는 사람이 있으면 신청해주세요. 신청자들 중에서 추첨을 통해 공주를 뽑도록 하겠어요. 물론 뽑히지 않은 사람이 시녀가 되는데 후보가 너무 많으면 시녀도 추첨을 하겠습니다. 자, 그것을 전제로 시녀 역할 맡으실 분 없으신가요?"

헐!

여기저기서 기막혀하는 소리가 들려왔다. 완전히 함정을 놓은 것이다. 시녀가 되느니 차라리 죽음을 달라! 그렇게 외치고 싶은 것을 겨우 누르며 서 있는데 한 아이가 번쩍 손을 들었다. 돌아봤더니 '언니 유방암'이 아닌가.

"아, 좋아요. 역시 래퍼는 어디가 달라도 다르네요. 정순자 학생이 신청을 했습니다. 정순자 학생! 지금 시녀를 신청한 건지 공주를 신청한 건지 분명히 해줄래요?"

"네, 저는 시녀가 되겠습니다."

"이유를 물어봐도 될까요?"

"공주는 시녀가 부축하지 않으면 물에 빠질 게 분명하기 때문입
니다."

"좋아요. 훌륭한 생각입니다. 신청자 더 없나요?"

아, 그때 어째서 그런 일이 일어났을까. 또 한 사람이 번쩍 손을
들었는데 다름 아닌 나였다. 면접관들의 시선이 나에게 향하는 것
을 느끼는 순간 너무 당황하여 정신이 나가버렸다. 면접관이 확인
질문을 던졌을 때의 나는 내가 아닌 것 같았다.

"송영주 학생! 시녀를 신청한 건지 공주를 신청한 건지 묻겠습
니다. 어느 쪽인가요?"

"시, 시녀입니다."

"이유를 물어봐도 되나요?"

"저 역시 공주가 물에 빠지지 않도록 돕고 싶습니다."

"좋아요. 그런데 공주는 왜 물에 빠지면 안 되는 걸까요? 왜 당
시의 백성들은 공주를 그렇게 해서라도 보호하려 했을까요?"

"그, 그건 마음입니다."

"마음요?"

"공주를 생각하는 백성들의 마음 말입니다."

"당시의 백성들은 착했습니까?"

“그, 그렇다기보다는 공주가 우리 편이라고 생각하고 있었으니까 그랬던 것 같습니다. 만약 공주가 우리 편이라는 생각이 안 들었다면 절대 인간 다리를 놓아주지 않았을 겁니다.”

“네, 감동적입니다.”

그 순간 어깨가 으쓱해지면서 정신이 조금 돌아왔다. 난 절대 머리 빈 애가 아니야. 그런 생각을 하고 있는데 면접관이 보충 설명을 했다.

“제가 감동적인 인상을 받은 것은 송영주 학생이 ‘우리’라고 한 부분입니다. ‘우리’라고 한 건 송영주 학생이 자신을 진심으로 시녀로 보았기 때문인 거지요. 맞습니까?”

“마, 맞는 것 같습니다.”

“네, 수고했어요. 그럼 신청자는 밖에 나가서 잠깐만 기다려주세요. 면접이 끝나면 여러분이 다 보는 앞에서 공정하게 추첨을 할 겁니다.”

대기실 밖으로 나오고 나서야 나는 내게 벌어진 일에 대해 완전히 실감했다. 나는 내 스스로 시녀가 되겠다고 나선 것이다. 그것도 진심을 다해.

나는 공주를 부축하는 시녀 모습을 떠올려보았다. 저만치에서 우리 반 애들이 구경하고 있는 모습도 상상해보았다.

미쳤어!

나는 내 이마를 탁 쳤다. 의당 부축 받아야 할 내가 남을 부축하는 역할을 맡다니. 제정신으로야 어떻게 그럴 수 있단 말인가.

아무래도 도망쳐야 할 것 같다.

'언니 유방암'도 자신의 선택을 후회하는지 뭐 씹은 표정으로 내 앞에 앉아 있었다.

목이 마르다는 생각을 하면서 휴대전화를 꺼내 열었다. 문자가 들어와 있다. 규원이였다.

전철역에서 보자 급한 일이야

나는 규원이 전화번호에 커서를 맞춰 통화 버튼을 눌렀다. 신호는 갔지만 전화를 받지는 않았다. 세 번이나 했는데 마찬가지였다.

할 수 없이 그냥 앉아 기다리다가 '언니 유방암'하고 말문을 텄다. 너무 피곤했기 때문일까. 우리는 서로를 칭찬하기 바빴다.

"언니, 진짜 말 잘하시던데요."

"넌 랩 끝내주더라."

잠시 후에 '언니 유방암'이 음료수를 빼 왔다. 내 것도 있었다. 나는 선배 대접을 할 줄 안다며 입에 침이 마르도록 칭찬했다.

"난 도망치고 싶은 거 있지."

나는 내 기분을 정직하게 털어놓았다. 위로받고 싶었는지 모른다. 그런데 '언니 유방암'은 한술 더 떴다.

"혹시 모르잖아요. 공주가 될지. 도망은 그 후에 가도 안 늦어요."

"그건 좀 아니지 않니?"

"뭐가요?"

"분명히 시녀가 되기로 약속했는데 공주로 안 뽑혔다고 발뺌하는 건 좀 그렇지."

"그래도 쪽팔려서 어떻게 시녀를 해요. 친구들이 놀릴 거예요."

"초딩이냐, 그런 걸 가지고 놀리게."

어린 계집애(사실 나하고 한 살밖에 차이가 안 나지만)가 보통이 아니라고 생각하면서 나는 새삼 '언니 유방암'을 훑어 내렸다. 이야기를 하면 할수록 열이 받았다. 내가 우연히 공주가 되고 저가 시녀 해야 할 상황이 되면 안 하겠다는 얘기가 아닌가. 그것도 모르고 멍청한 공무원들은 지금도 열심히 면접을 보면서 '언니 유방암' 같은 애를 골라내고 있을 것이다.

이 왕싸가지를 어떻게 하지, 생각하다가 나는 재미 삼아 물어보았다. 사실 가만히 앉아만 있자니 심심하기도 했다.

"만약 내가 공주가 되더라도 공주가 아닌 거네. 시녀는 도망치고 없을 테니끼."

"그건 언니가 알아서 해야 하는 거예요."

"뭐?"

입이 딱 벌어졌다. 자기가 도망치게 되더라도 그건 저와는 상관없고 오로지 내 문제라는 이야기가 아닌가. 친구 지갑을 슬쩍하면서 "집에 갈 차비가 없다고? 그건 네가 알아서 해야지!" 그러고도 남을 애다. 우리가 어른들한테 욕을 먹는 데에는 이런 진상들의 영향이 크다. 다른 사람이야 어떻게 되든 말든 자신이 원하는 것만 집중적으로 노리는 무한 이기주의! 언니 유방암은 천연덕스럽게 한술 더 떴다.

"우리 엄마가 늘 하는 말이 그거예요. 네 앞가림은 네가 알아서 해라."

"너 진짜 골 때린다."

"사람 생각은 다 비슷한 거 아닌가요?"

아이구 머리야! 나는 음료수를 한꺼번에 훌쩍 마시고는 캔을 우두둑 구겨버렸다.

"그럼, 네가 공주가 되면 나는 당연히 도망가야 되겠네, 도망 안 가면 병신이다, 그치?"

"도망치고 싶다고 먼저 말한 것은 언니잖아요."

"야, 한마디도 안 지는구나. 그래도 그렇지, 인마. 그건 진정한 래퍼의 태도가 아니야. 나도 힙합 무지 좋아하거든."

"래퍼의 태도가 뭔데요?"

"래퍼는 정직해야 래퍼인 거야."

"솔직한 게 정직한 거 아닌가요?"

"뭐야?"

"그렇잖아요. 공주가 되고 싶어 왔는데 시녀부터 생각해봐야 기회를 주겠다니까 그렇게 하고, 공주가 안 되니까 시녀는 못하겠다

싫어 튀고. 이만하면 저 진짜 정직한 거 아니에요?"

이번에는 뒤로 넘어갈 것 같았다. 나는 마구마구 짜증을 냈다. 그랬더니 요 왕싸가지 거짓말쟁이가 이렇게 말하는 게 아닌가.

"우리 사이에서는 쪽팔리면 끝이에요."

그 말에는 나도 더 이상 할 말이 없었다. 나는 KO패 당한 것이다. 물론 그 애가 말하는 우리는 내가 생각하는 우리와는 다르다. 딱 봐도 노는 애였다. 주로 어디서 노는지도 알 것 같았다. 거기 더 이상 앉아 있기 싫어 화장실에 들렀다가 결국 다른 곳으로 자리를 옮기고 말았는데 내가 그렇게 한 이유는 순전히 쪽팔려서였다.

쪽팔림은 거기서 끝나지 않았다. 30분쯤 지나 추첨을 했는데 바로 그 왕싸가지 거짓말쟁이가 공주로 뽑혔다는 거다.

실망, 또 실망이었다.

키스감옥의 출현

전철역에서 아무리 두리번대며 찾아도 규원이가 보이지 않았다. 나는 문자를 다시 확인했다.

전철역 매표소 앞에서 기다린다

하지만 매표소 앞에 없다.

'안 그래도 피곤한데 얘까지 왜 이래.'

나는 완전히 울고 싶은 기분이었다. 그냥 집에 들어갈까 하다가 다시 전화를 걸었으나 역시 안 받았다. 5분만 기다리다 갈 생각으로 시간을 확인하고 화장실 안으로 들어갔다. 그런데 여자 화장실 안으로 다 들어가고 나서야 어, 하는 놀라움이 찾아왔다. 나는 되돌아 나가서 남자 화장실 입구를 쳐다봤다. 거기 규원이가 서 있었다. 왠지 모르게 멍한 표정이지만 많이 반가웠다.

"야!"

나는 금녀의 구역 안으로 살짝 들어가 규원이의 어깨를 쳤다. 그런데 왜 그렇게 놀라는지 규원이가 거의 펄쩍 뛰어올랐다. 그리고 그토록 침착하고 믿음직스럽던 눈빛이 흔들리는 것을 나는 보았다. 아니, 나와 눈을 맞추지 않으려는 것 같았다.

"왜 그래?"

"아니야."

"아니긴. 니 눈이 '나 뭔 일 있어', 이러는구만."

내가 지상으로 나오면서 규원이 팔찡을 끼려 할 때였다.

"이거 놔."

"왜?"

그러다 나는 마침내 태은이를 생각해냈다. 어머나 싶었다. 그토록 죽을 쑨 면접, 기껏 시녀 자리 하나 맡아 오느라 오래된 친구 태은이를 잊고 있었다. 순식간에 내 기분은 죄의식의 나락으로 떨어진다. 규원이는 지금 그 애를 면회하고 돌아오지 않았는가 말이다.

"태은이는 만났어?"

"응."

"말도 해봤어? 어때?"

"어떻기는."

“무슨 대답이 그래.”

“암튼 어디 좀 들어가자.”

“그래.”

우리는 가까운 롯데리아로 들어갔다. 그런데 버거를 사러 간 규원이를 뒷모습으로 지켜보다가 오전에 가지고 갔던 비디오카메라가 없다는 것을 알았다. 용미네 것이므로 잃어버리면 정말 큰일이다. 설마 전철에 두고 내린 건 아니겠지? 나는 규원이한테 달려가 빈 어깨를 가리키며 “비디오카메라는?” 하고 소리쳤다.

“참, 깜빡하고 병원에 두고 왔다.”

“뭐야.”

“어차피 다시 가야 해.”

“왜?”

“잠깐 너 만나러 온 거야. 다시 갈 거야.”

그러더니 규원이는 카운터를 향해 등을 돌렸다. 체크무늬 남방이 많이 구겨져 있다. 나는 자리로 돌아와 기다렸다.

규원이가 이상했다. 버거는 안 먹고 콜라만 마셨다. 버거 좀 먹으라고 하면 흉내만 냈다. 다른 날 같았으면 달랐겠지만 태은이를 만난 뒤끝이라고 생각하면 왠지 그럴 수도 있는 것 같았다.

버거를 반쯤 먹었을 때 나는 면접 본 이야기를 시작했다. 아주 명랑한 목소리로.

“결국 그 왕싸가지 거짓말쟁이가 공주가 되고 말았어. 시녀는 한

명이 남았지만 후보로 두기로 했고. 지금 생각해도 되게 열 받는 거 있지."

그러자 규원이가 조금씩 나한테로 돌아왔다. 처음에는 고개를 들고 다음에는 눈을 맞추고 그다음에는 웃으면서 질문도 하고.

규원이가 궁금한 건 이거였다.

"시녀 하겠다는 약속은 지킬 거지?"

"어떻게 해야 할지 생각 좀 해볼 테야."

"너 그거 안 하겠다고 발뺌하면 완전히 공무집행방해죄로 걸려."

"뭐야? 죽을래?"

"암튼 시녀도 멋있을 것 같아."

마지막으로 남은 콜라를 다 마시고 나자 규원이가 턴친으로 나가자고 해서 그러겠다고 했다. 태은이와 만난 이야기를 하려나 보다. 하지만 오랜만에, 아니 거의 처음 하는 제대로 된 데이트이기도 했다.

걸어가면서 우리는 정직과 솔직함에 관한 대화를 나누었다. 규원이는 정직과 솔직은 다르다고 했다. 정직을 논할 때는 감정은 빼고 이야기해야 한다나.

"정직하다는 것은 신념의 문제 같아. 이성적인 거 있잖아. 그러니 감정적으로 솔직한 것과 정직한 것은 좀 다른 문제로 봐야지."

"아, 그 싸가지한테 그런 식으로 먹였어야 하는데."

나는 분하고 안타까웠다.

그런데 탄천으로 가자마자 규원이가 다시 발길을 돌렸다. 탄천에는 사람이 너무 많다는 것이다. 그러면서 멀리 우리가 다녔던 초등학교를 가리켰다.

"저기로 가자."

걷는 게 귀찮아서일까, 나는 선뜻 그러자고 하지는 않았다.

"왜?"

"싫어?"

"싫고 좋고가 아니라 왜냐고?"

그러자 규원이가 마침내 걸음을 멈추었다. 낮이 길어졌다지만 탄천 잔디 위로 서서히 그늘이 생겨나고 있었다.

"영주야."

"말해."

"우리 저기 가서 키스하자."

"키스? 진심이야?"

"응."

"그래, 하자."

나는 망설임 없이 허락했다. 허락하지 않을 이유가 없었다. 드디어 하게 되나 보다. 대망의 첫 키스를! 열일곱에 하는 첫 키스라니, 얼마나 멋진 일인가. 내일이면 나는 첫 키스를 무사히 달성한 어른 아이가 되는 것이다. 얏호!

"가자!"

나는 앞뒤 살피지 않았다.

학교가 가까워지자 왠지 모르게 걱정이 되고 신경이 날카로워졌다. 설레어야 하는데 낭패감이 깃드는 것은 도대체 왜일까. 생각해 보니 양치를 안 한 게·마음에 걸린다. 장소도 후졌고…… 암튼 너무 갑작스럽게 닥쳤다.

'태어나 처음 하는 키스인데.'

하지만 이미 약속을 했으니 도리가 없다. 무엇보다 내가 좋아하는 규원이와 하는 게 아닌가.

우리는 손은 잡았지만 뛰지는 않았다. 그냥 천천히 학교 안으로 들어갔다. 우리의 걸음은 합의라도 한 듯 같은 곳을 향했다. 급식 식당 뒤에는 거기 출신들만 아는 으슥한 장소가 있었다. 때맞춰 날도 저물어가니 안성맞춤이 아닌가.

그런데 식당 가까이쯤에서 초딩 아이 둘이 신문지에 불을 붙여 장난질을 하고 있는 게 눈에 들어왔다. 위험천만한 광경이었다. 창창한 봄날은 나날이 뙤약볕에 가까운데 도대체 뭐가 아쉬워 불장난이란 밀인가. 우리는 누가 먼지랄 것도 없이 팔을 휘저으며 달려갔다. 모교가 불타게 될지도 모르는 순간이었다.

"야! 이 철부지 초딩 꼬맹이들아, 불내려고 환장한 거니?"

그랬더니 초딩 아이들이 신문지를 팽개치고 반대편을 향해 꽁지가 빠져라 달아났다. 우리는 불붙은 신문지를 밟아대며 불을 껐다. 얼마나 흥분했던지 땀이 다 났다.

"식겁했네."

"진짜."

재가 묻어 운동화가 더러워진 걸 보고 우리는 좋아라 웃었다. 나는 생각이 없어졌다는 말을 어떻게 설명해야 하나 싶었다. 불을 껐더니 가슴속 불도 꺼지더라. 이렇게 재미있게 이야기하면 되는 걸까. 사실 오랫동안 별렀다. 그런데 조금도 그러고 싶지 않은 순간이 있다는 것도 알게 되었다. 하기 싫은데 억지로 해야 하는 키스라면 얼마나 시시할 것인가.

"너 양치는 했어?"

사실 이런 약은 방법은 영찬이한테 써먹는 것으로 끝내야 하는데 어쩌다 보니 내가 좋아하는 규원이한테도 이런 짓을 하게 되는구나.

"아, 아니."

"나도 못했어. 그래서 마음에 걸려. 우리 담에 하자."

"안 돼, 지금 해야 해."

"왜?"

나는 피식 웃었다. 뭔가 규원이답지 않았다. 하지만 워낙 첫 키스가 아닌가. 그런 문제에 부닥칠 때 사람은 누구나 좀 예민해질 수 있다.

"하고…… 아무튼 지금 안 하면 안 돼."

"그런 게 어딨어?"

"그냥 지금 하자. 저기 가서. 가, 간단하게라도."

"간단하게?"

이번에는 고개가 갸우뚱거려졌다.

'너 어디서 숙제 받아 왔냐? 아무리 내가 너한테 환장했어도 그렇지, 세상에 그런 키스가 어디 있어?'

"넌 지금 하고 싶어서 하는 키스가 아니라 해야만 하는 키스를 말하는 거야? 이를테면 너와 나의 감정 변화에 따라 자연스럽게 되어가는 그런 키스가 아니라 미리 계획한 대로 해야 하는 그런 건지 묻는 거야."

"무슨 그런 말이 다 있냐?"

"그럼 왜 그래? 지금 안 하면 안 된다며?"

"지금 꼭 해야 하는 건 맞아."

"키스는 하고 싶어서 하는 것으로 충분해. 세상에 해야만 하는 키스 같은 건 없어."

"나, 나도 그렇게 생각하기는 해. 하, 하지만 때, 때로는……"

"너 도대체 왜 이래? 솔직히 말해봐. 무슨 일이야? 테온이랑 무슨 일 있었니? 너 혹시 개랑 무슨 내기 같은 거 했어?"

이전에 그런 적이 있었다.

"오늘 영주가 KBS 방송국 갔다는 데 오천 원 걸겠어."

방송국 가요 프로그램에서 내가 찍은 가수가 1등 먹은 날이었다. 다행히 그날 나는 방송국에 못 갔다. 생리가 터져서 걸을 때마다 옆구리가 아팠다. 하지만 태은이 덕분에 내가 어떤 아이돌 남자 가수 이름에다 와이프를 붙여 메일 주소 만든 게 규원이 귀에도 들어가게 되었다. 규원이가 쿨하게 그런 거 난 괜찮다고 봐, 라고 나와줘서 결국 곤란해진 건 내가 아니라 태은이었지만. 이번에도 그 비슷한 걸까. 나를 가지고 또 돈을 걸었나.

"그런 거 아니야."

규원이가 잡아뗐다.

"암튼 그래도 난 싫어, 오늘은 김샜어."

"야, 하자."

"싫어."

내가 계속 세게 나가니까 규원이는 더 이상 조르지 않았다. 하지만 왠지 모르게 얼굴이 삭아 내리는 것처럼 푸르죽죽 어두워진다 싶더니 가까운 곳에 있는 벤치에 주저앉으며 갑자기 울어버리는 게 아닌가.

"야!"

나는 너무 기가 막혀 완전히 어벙벙해졌다. 아니, 이건 내가 아는 규원이의 모습이 절대 아니었다. 남자애가 운다고 해서 내가 쩔쩔맬 것 같은가? "미안해, 잘못했어!" 하면서 뭐든 다 들어주겠다며 항복할 것 같은가? 아니다. 난 그런 애가 아니다. 나는 어수룩하지도 않고 착하지도 않다.

나는 규원이를 다그치기 시작했다. 바보가 아니고서야 그냥 넘

어갈 수 없는 일이었다. 직감이 아니더라도 규원이는 뭔 일이 있다
며 호소하고 있질 않은가.

"사실은 말이야……"

이야기가 길지는 않았다. 줄거리는 간단했다. 태은이가 말했다
고 한다.

"난 곧 죽을 것 같아. 이것이 너와의 마지막 시간일 거야. 새삼
지나온 시간을 돌아봤더니 못한 것도 많고 아쉬움도 많은 거 있지.
무엇보다 여자로 태어나 키스도 한번 못해보고 죽는 내 심정을 너
는 아니?"

태은이가 그렇게 분위기를 깔고 나서 부탁한 건 바로 이거였다.

"나랑 키스해줄래?"

규원이는 겁이 나서 망설이다가 내 얼굴을 떠올렸다고 한다. 저
번에 영주가 키스하자고 했을 때 그냥 할걸 싶었다나. 그랬더라면
태은이와 할 수도 있었을 거란다. 우리는 모두 친구이고 태은이는
지금 특별한 상황에 놓여 있으니까. 그래서 나에게 달려온 거였다.
의리상 나랑 먼저 키스하고 다시 병원에 가서 태은이 소원을 들어
주기 위해. 완전 헐~렐루야다.

이유를 다 듣고 나자 나는 오히려 침착해졌다. 침착해진 상태라
고 해서 할 말을 제대로 못하지는 않는다.

"미친놈! 오늘 열라 바쁘겠구나."

내가 규원이한테 그렇게 말한 것은 난생처음이다. 그러고 나서

나는 지금까지 들은 말을 남김없이 게워내듯이 침을 콱 뱉어냈다.
너무 괘씸하고 분해서 치가 다 떨렸다. 규원이는 두려워하며 고개
를 들었다.

"미안해."

그때 눈이 마주쳤다. 순간 나는 규원이의 뺨을 탁 쳤다. 세게 때
리지는 않았다. 그냥 때리기 좋은 위치에 규원이 얼굴이 있어서 살
짝 쳐봤는데 소리는 짝, 하고 실하게 들렸다.

"너 태은이 종이야?"

규원이는 한숨을 쉬었다.

"태은이 고 계집애 맨날 빈둥대면서 지가 본 영화 따라 하고 싶
어 하는 거 몰라? 죽을지도 모르는 여자애가 만만한 남자애 불러
다가 키스해달라고 하는 거, 분명 어느 영화에선가 나온 이야길 거
야. 걔는 진심으로 한 얘기가 아닌 거야. 그런 걸 가지고 넌 어쩜
리모컨으로 조종되는 강아지 로봇처럼 잘도 뛰어다니는 거니?"

나는 그렇게 쏘아붙이고 나서 젖 먹던 힘까지 다 동원해 "나쁜
계집애!" 하고 소리쳤다. "친구를 이런 식으로 이용해 먹다니!"라
고 할 때는 나도 몰랐던 원한 같은 것이 느껴졌다. 그동안 규원이
한테 받았던 스트레스는 또 어땠는가.

나는 단호히 선언했다.

"너하고는 이제 완전 끝이야!"

"그런 게 아니라니까!"

규원이가 변명으로 일관하는 것도 참을 수 없이 거슬렸다.

"키스라는 게 무슨 순서의 문제냐? 누가 누구와 먼저 하고 나면 아무 문제도 안 되는 그런 거냐고, 이 바보 천치 같은 새끼야!"

그런데 그때 코 흘리며 훌쩍거리던 바보 규원이가 갑자기 이렇게 소리쳤다.

"난 태은이한테 이용당한 거 아니야!"

그러면서 "난 나를 위해 이러는 거야"라고 하는 거였다. 이건 무슨 뚱딴지같은 소리?

"그게 무슨 소린데?"

나는 어디 들어나 보자는 식으로 팔짱을 끼며 독하게 노려보았다. 어차피 마지막이라는 것은 누구에게나 찾아올 수 있는 문제다. 남은 것은 남아 있는 나를 위해 쿨하게 예의를 지키는 것.

"내가 그냥 태은이를 피하면 그곳이 감옥이 될 것 같았어. 죽을지도 모르는 친구의 소원인 거잖아. 넌 내가 평생 키스감옥에 갇혀 살았으면 좋겠니?"

"뭐, 키스감옥? 그거 어디서 물고 온 개뼈다귀야?"

나는 감옥을 지키는 파수꾼이 될 거다

싸움은 계속된다. 말싸움이라는 게 원래 그렇다. 구름이 비가 되고 비가 다시 구름이 되어 순환하듯이 싸우다 보면 어느새 처음 그 자리로 되돌아오곤 한다.

"아니, 어째서 그 병실이 감옥이 된다는 거야?"

"그까짓 키스가 뭐라고 그것도 못 들어준 거잖아."

"그까짓 키스? 너 지금 그까짓 키스라고 했냐?"

"죽어가는 친구의 마지막 소원인 거잖아."

"죽어가긴 누가 죽어간다고 그래?"

"아무튼 위험한 수술이라잖아."

아우. 집에 가겠다는 나를 붙들어놓고 한다는 말이 이런 식의 변명이다. 대화가 안 됐다. 규원이가 이렇게 꽉 막힌 애인지 처음 알았다. 게다가 그까짓 키스라니! 키스는 저와 나 사이에 자연스럽게 일어나서 평생 동안 간직되어야 할 하나의 사건이고 약속인 게 아닌가. 아름다워야 할 키스를 어떻게 그런 용도로 써먹는단 말인가. 그것도 다른 사람의 조종에 의해. 어리뜩한 척 굴지만 규원이가 실은 태은이를 좋아하는 게 아닐까. 아니, 여느 남자들처럼 나도 좋아하고 태은이도 좋아한다는 그런 바람둥이 기질을 가진 건 아닐까.

"넌 키스는 도대체 어떤 사이에서 해야 하는 거라고 생각하니?"

"내 경우에는 너하고만 해야지."

"그런데 왜 태은이랑도 하려는 건데?"

"왜 자꾸 같은 말 또 하게 만들어. 키스감옥에 갇히지 않기 위해서라니까. 그러다 태은이가 정말…… 다시 깨어나지 못하고 죽는다고 생각해봐. 난 너무 미안할 거야. 마음에서 평생 그 병실 안을 맴돌면서 살게 될 거라고. 넌 내가 그러길 바라냐?"

에혀! 이번에는 내 입에서 한숨이 나왔다. 태은이는 죽지도 않겠지만 설사 잘못된다고 하더라고 장난으로 그런 걸 가지고 그걸 평생 감옥으로 생각하면서 살겠다고 준비하며 상상하는 저 자식을 어떻게 하면 좋을까.

뭘 어떻게 해. 갖다 버려야지. 아깝긴 하지만……

내 안의 누군가 그렇게 깐족대지만 동의하기는 어렵다. 적어도 아직은 말이다.

여기에는 우리 둘의 근본적인 차이가 있는 것 같다. 나는 키스는 절대 나하고만 해야 하는 배타적인 거라고 생각하는 반면에 규원이는 누가 수컷 아니랄까 봐 그까짓 거야 아무하고나 얼마든지 할 수 있다는 식이다. 진짜 나무아미타불인 거다.

"그래, 차라리 그 감옥에 갇혀 살아라. 그게 낫겠어. 하규원 너, 거기서 나오기만 해. 평생!"

나는 쇼핑백을 들고 돌아서면서 한마디를 더 남겼다.

"너랑은 이제 진짜 끝이야. 절대 눈도 마주치지 않을 거야. 이 개구리 발톱에 낀 때만도 못한 새끼야."

그랬더니 규원이가 풀 죽은 목소리로 이렇게 말했다.

"개구리는 발톱 없거든, 물갈퀴라면 몰라도."

나는 곧 집에 도착했고 말하나 마나 울고불고 난리를 치면서 온 집 안을 뛰어다녔다. 나이가 나이인지라 자세한 내막은 절대 말하지 않았다. 그냥 규원이가 나한테 몹쓸 짓을 하려고 했다는 식으로 운만 떼었다. 불구경 났다 싶었는지 영찬이는 그런 나를 향해 질문을 퍼부어댔다.

"규원이 형이 가슴 만졌어? 아니면 보여달래?"

가슴이라는 말이 나오기 무섭게 나는 너 잘 걸렸다 싶어 영찬이를 눕혀놓고 흠씬 두들겨 팼다. 그러고 났더니 좀 화가 풀렸다.

엄마가 아줌마한테 전화를 걸었다.

"아유 우리 영주가 자기 아들 때문에 생 지랄을 하네. 자기도 저 소리 들리지?"

저 소리는 무슨. 나는 이미 엄마가 전화를 걸기 무섭게 눈 훔치고 입도 닫았는데. 지랄을 해도 설마 아줌마 들리게 할까. 내가 누군데.

"좀 전까지만 해도 생난리를 치더니 갑자기 조용해졌네…… 알았어, 그럼."

전화를 끊고 나더니 엄마가 말했다.

"규원이한테 전화해본댄다."

그러더니 5분도 안 되어 아줌마한테 연락이 왔다. 엄마가 그 내용을 나한테 알렸다.

"규원이 지금 집으로 불러들였단다. 걱정 말래."

나는 고개를 끄덕였다.

그런데 내 방으로 돌아와 거울을 들여다보다가 나는 화들짝 놀라며 벌떡 일어났다.

비디오카메라!

"이러다 잃어버리면 물어내야 되는데, 씨이."

규원이한테 너 어쩔 거냐고 전화해볼 수도 없어 난감했다. 아줌마가 집으로 불러들였다니까 병원으로 가지는 않았을 거다. 태은이네 엄마한테 전화해서 부탁해야 하나. 하지만 자기 자식이 어떻게 될지 모르는 판국에 남의 카메라에 신경 쓸 정신이 있을까.

"큰일 났어, 용미한테 빌린 카메라 가지러 가야 돼. 얼른 다녀올게, 엄마."

결국 나는 부랴부랴 옷을 갈아입고 다시 집을 나섰다. 사람에게는 자신에게 부여된 책임이라는 게 있다. 카메라 분실에 대한 책임을 져야 할 사람은 전적으로 나다. 백만 원도 넘는 거라는데.

엄마는 컴퓨터같이 큰돈 들어가는 물건 좀 새로 사자고 조르면 늘 이렇게 말한다.

"그거 사려면 우리 집 팔아야 된다."

전철 안에서 전화기만 만지작거렸다. 규원이네에도, 태은이 혹은 태은이 엄마에게도 전화 걸기가 뻘쭘한 상황이었다. 조급하고 불안했다.

병원까지 한 시간하고도 10분이 더 걸렸다. 안으로 들어가 D동 엘리베이터를 기다리는데 무지 가슴이 떨렸다.

'왜 이러지?'

나는 잠시 엘리베이터 앞에서 벗어나 1층을 서성거렸다. 오른손을 왼쪽 가슴에 얹었다.

마음이 복잡했지만 가장 큰 불안은 역시 태은이였다. 태은이의 상태 같았다. 태은이가 잘못되었을까 봐 불안한 것 같았다.

그때였다. 누군가 내 어깨를 조심스럽게 잡았다.

"영주야."

태은이네 엄마였다. 손에 쇼핑백을 든 것으로 보아 어딜 다녀오는 길인 것 같았다.

"규원이는?"

"네, 저 혼자예요. 비디오카메라를 두고 가서요."

"비디오카메라?"

"네, 그게…… 그런데 태은이는 어때요?"

나는 그것부터 물었다. 카메라야 어련히 병실 안에 잘 있으려고.

"규원이 다녀가고 난 뒤에 마음을 좀 잡은 것 같더라. 한 시간 전에 무균실로 옮겼어. 이제 면회는 좀 힘든데."

"그럼 수술 곧 들어가는 건가요? 잘된 거지요?"

"그래, 너희한테 정말 고맙다."

그러자 내 마음도 좀 편해졌다. 그제야 알았다. 내가 태은이가 무사하기를 정말 바란다는 것을. 어느새 나는 규원이를 걱정하고 있었던 것 같다. 그 애가 키스감옥에 갇히는 건 싫다. 그러자면 태은이가 무사힐 필요가 있다. 할 수 없이 말이다. 숨통이 트이지 나는 손을 탁탁 털면서 내 성격으로 돌아왔다. 생각해보니 배가 좀 고픈 것 같기도 하다. 아줌마가 말했다.

"그런데 비디오카메라라니, 무슨 소리야?"

"그거요…… 병실에 있을 거예요."

"병실? 태은이 있던 방 말이니? 그 방 뺐는데."

“네? 그럼 제 비디오카메라는요?”

“글쎄 난 못 봤는데.”

“어떡해요, 그거 제 거 아니란 말이에요.”

마음이 급한 나머지 나는 발을 동동 굴렀다.

17층으로 갔더니 그 방에는 이미 다른 환자가 들어와 있었다. 정말 빠르기도 하다. 새로 들어온 환자 가족은 비디오카메라는 금시초문이라고 했다. 소란 피우지 말고 나가달라는 말을 두 번이나 들었다.

나는 거의 울 것 같은 심정이 되어 규원이한테 전화를 걸었다. 백만 원도 넘는 물건이고 우리 것도 아닌데 자존심이고 뭐고 상관할 계제가 아니었다. 엄마 말대로라면 집 팔고 이사 가야 할지도 모르는 일이 아닌가.

“어떡해!”

전화가 연결되자 나는 훌쩍거리면서 “어떡해!”를 연발했다. 규원이가 설치해놓았다고 하는 장소를 찾기 위해 실례를 무릅쓰고 다시 병실 안으로 들어가보았으나 소용이 없었다. 카메라 설치는 태은이도 모를 거라고 했다. 태은이 없이 아줌마만 들락날락할 때 설치해놓았다는 거였다.

다행히 카운터에서 희망적인 말을 들었다.

“아까 수간호사님이 뭔가 챙겨놓으시는 것 같던데 지금 자리를 비우셔서……”

그러니 수간호사가 저녁 먹고 올 때까지 기다리란다. 집 파는 것에 비하면 기다리는 것쯤이야. 나는 그러겠다고 했다. 그사이 아줌마는 태은이 아빠가 기다리는 곳으로 갔다. 무균실은 C동에 있었다.

그런데 수간호사 씨께서는 왜 또 이렇게 안 나타나는 건지. 밥을 먹어도 열 번을 먹었을 시간이 족히 되었는데도 무소식이었다. 책임 방기에다 무단이탈로 확 신고나 해버릴까. 그래 놓고도 월급은 꼬박꼬박 잘도 타 먹겠지. 그사이 상황 보고를 핑계로 규원이랑 통화만 열나게 했다. 규원이는 비디오카메라에 대한 책임을 지기 위해 지금 병원으로 오고 있는 중이다. 엄마 닮아서 그런지 돈 앞에서는 나도 내가 아니게 된다. 백만 원 넘는 물건 때문에 규원이만 생짜로 용서받게 되었다. 억울해!

"왜 왔어?"

통화할 때와는 달리 만나니까 또 뻘쭘해서 나는 엄한 소리로 먼저 시비를 걸었다. 바보 규원이는 반성을 얼마나 했는지 바로 이렇게 나왔다.

"비디오카메라 그서 얼마나 무거운네. 너 그거 메면 어깨 싱힐지도 몰라."

결국 나는 허벌레 웃으면서 마음을 풀었다. 원래 오글거리는 말은 절대 안 하는 앤데 많이 양보한 거였다. 하긴 제가 잘못한 게 얼만데.

수간호사 씨께서 잘 보관해놓은 덕에 비디오카메라도 잘 챙겼다.

아, 하지만…… 도대체 이놈의 토요일은 하루가 왜 그렇게 긴지 그것으로 일이 끝난 게 아니었다. 우리가 전철을 타고 동네에 도착하기 무섭게 규원이네 엄마에게서 호출이 왔다. 갔더니 엄마도 와 있다. 우리는 엄마들 앞에 나란히 서 있어야 했다.

"무슨 일인지 다 털어놔."

쉽게 넘어갈 분위기가 아니었다. 우리 엄마 혼자라면 내가 얼마든지 커버할 수 있는데 아줌마는 아니었다. 규원이는 반대로 우리 엄마가 어려웠을 것이다. 말하자면 두 엄마가 같이 있어서 계산이 더 복잡해져버렸다.

규원이는 "너 때문이야"라고 하면서 책임을 은근히 나한테 미뤘다. 그 행동이 얄미웠나 보다. 내 입에서 생뚱스런 소리가 튀어나왔다.

"얘가요…… 둘이 있으면 저를 좀 힘들게 해요. 오늘도 키스하자고 해서…… 저는요, 지금 우리가 그럴 때는 아니라고 보거든요."

변명을 좀 하자면 이렇다. 어쩌다 보니 위기가 온 것이다. 위기가 오면 그것을 뛰어넘으려고 하는 것은 인간의 본능이 아닐까. 물론 나한테도 책임이 있다는 건 안다. 내가 둘 사이에 있었던 일을 우리 집에 가서 좀 까발리지만 않았어도 이런 일은 없었을 거다. 하지만 기왕 이렇게 궁지로 몰린 거 규원이 제가 제물이 되어주면 안 되는 걸까. 독후감이라면 숙제도 싫어하던 내가 그런 거나 쓰면서 그동안 따놓은 점수가 얼마인데 그걸 홀랑 까먹을 수는 없지 않을까.

내 이야기를 듣고 나더니 엄마는 난리가 났다. 하늘이 무너지고 땅이 꺼져도 그렇지는 않았을 거다. 우리 엄마가 하는 말을 나는 또렷이 들었다.

"난 우리 영주는 못 믿어도 규원이 너는 믿었는데 세상에 어쩜……"

반면 규원이네 엄마는 꼿꼿하게 45도 아래 바닥을 내려다보며 침묵하고 있었는데 포스가 장난 아니었다. 진짜 무서웠다. 하지만 뭐니 뭐니 해도 가장 무서웠던 것은 규원이였다. 갑자기 "씨이!" 하면서 제 방으로 성큼성큼 걸어가 문을 쾅 닫더니 천둥처럼 다시 뛰어나와 나를 손가락으로 가리키며 이렇게 말하는 거였다.

"꺼져! 다시는 보고 싶지 않아."

잠입 시도

월요일에 학교에 갔더니 담임이 나를 앞으로 나오라며 불렀다.

"너 시녀 됐다며?"

"어떻게 아셨어요?"

"소문이 파다하던데 뭘 어떻게 알아?"

그러면서 막대기로 내 정수리를 톡 치는 게 아닌가. 어디서 어떻게 소문이 났냐고 하니까 우리 학교 1학년 송영주라는 학생이 공주 되려고 갔다가 시녀가 되어 돌아왔다, 이렇게 났다는 것이다. 시녀가 되어 돌아왔다는 대목에서 또 한 대 맞았다.

그때 우리 분단 앞자리에서 누가 나섰다.

"선생님, 때리지 마세요. 걔 자기가 어쩌면 세계문화유산에 등록될지도 모른다며 열 올라 있어요. 그러다가 세계문화유산을 훼

손하는 일이 생길까 봐 저는 초조하고 걱정돼요."

애들이 우우— 하고 저주를 퍼부었다. "쩐다, 쩔어!" 하는 소리를 다섯 번가량 들었다. 그사이 담임의 화살이 규원이를 향했다.

"너도 이리 나와."

"저는 왜요?"

"넌 면접 보는 데까지 따라갔다며?"

"……"

규원이가 고개를 숙인 채 입을 다물었다. 사진 찍으러 갔다고 하면 될 것을 이렇다 저렇다 말이 없었다. '밴댕이 속알딱지' 하고는! 나는 속이 탔다. 지금까지 17년을 살면서 이런 난감한 상황은 처음 겪는다. 그동안 규원이랑은 거의 싸워본 적이 없었다. 내가 알아서 규원이를 찬양해주었기 때문이다. 규원이는 그럴 만한 구석이 있는 아이였다. 하지만 이번 일을 계기로 등을 돌려버렸다. 더 기가 막힌 것은 아줌마와 규원이가 같이 화를 내고 있다는 것이다. 엄마들 사이도 쫑 났다. 억울하다. 아니, 나도 실망이다. 특히 아줌마가, 삭가라는 사람이, 미처 하지도 않은 우리늘의 키스를 곧장 임신 가능성으로 치환시켜버리는 데에는 경악하지 않을 도리가 없었다. "이러다가 애 받아야 하는 거 아니야?"라고 하는데 말문이 탁 막혔다. 우리 엄마는 옆에서 "아우, 나는 못 키워!" 하면서 도리질을 치고. 우리 엄마는 몰라도 아줌마는 트인 사람인 줄 알았다. 물론 엄마가 아침에 일어나더니 이렇게 말하기는 했다. "정말 네가 아니라 규원이가 먼저 키스하자고 했단 말이니?" 내가 "어떻게 알았어?" 하며 놀랐더니 엄마는 "내가 내 딸을 몰라?" 했다. 그저께는 규원이가 키스하자고 했지만 크게 보면 내가 먼저 제안한 거나 다름없는 것이다. 암튼 그것이 밤사이에 일어난 변화라면 변화였다. 잠이라는 것은 참 고마운 놈일 때가 있다. 말도 안 되는 비상식, 터무니없는 오해 같은 것에 균형을 잡아주니 말이다. 그러니 아침에 일어난 아줌마에게도 어떤 변화를 기대해봄 직하다. 임신 가능성 어쩌고 하는 극단적인 비약이 단지 '키스' 혹은 겨우 '키스'라는 낮은 건반 위로 다시 돌려놓이기를 나는 간절히 바랐다. 규원이도 마찬가지라고 봤다. 잠이 규원이를 반성적 기운이 충만한 남자아이로 변신시킬지도 모르는 일이지 않을까. 제가 말도 안 되는 이유로 키스하려 한 것도 맞고 나를 힘들게 한 것도 사실이지 않은가 말이다. 그런데 왜 나만 모든 것을 뒤집어써야 하나.

허나 불행하게도 아침에 본 규원이는 별다른 변화가 없었다. 잠이 누구에게나 공평한 것은 아닌가 보다.

규원이가 평소와는 달리 이상하게 나오자 담임은 그만 들어가라고 하더니 화살을 다시 내게로 겨누었다. 나의 비싼 자존심을 살살 건드리면서 방해 공작을 폈다.

"공주도 아니고 그깟 시녀를 하고 싶니? 우리 학교 자존심이라는 게 있는데. 진짜 실망이다. 어휴, 망신!"

"그러니까 다행인 거예요. 제가 공주가 되었어봐요. 성남시에 있는 중고등학교 다 휴교해야 할걸요. 애들이 저 때문에 얼마나 난리를 피우겠어요. 이젠 걱정 마세요. 제가 조용히 공주님 보필하고 봉사 점수나 왕창 따서 돌아올 테니까요.”

“공주는 순 날라리 애가 걸렸다며?”

“아, 맞다. 그 왕싸가지!”

생각하니까 또 열이 받았다. 내가 막 그 싸가지 욕을 늘어놓으려는데 담임이 알고 싶지 않다며 그만 들어가라고 했다. 설치지 말고 조용히 끝내라는 경고도 잊지 않았다.

“규원이는 몇 장면 찍어오고.”

그러면서 교장한테 걸리면 자기 완전히 징계 먹으니까 알아서 잘하라고 했다. 공주 아니니까 덜 설치겠구나 싶어 대충 넘어가주는 것 같았다.

담임이 종례를 끝내고 나가자 나는 너, 너, 찍어주면서 돌다리 소녀로 지원하라며 협박 아닌 협박을 했다. 여자애들은 다 싫다는데 남자애들이 극성이었다. 왜 남자는 안 되는지 시청에다 항의 전화라도 할 것 같은 분위기였다.

“막상 하라고 하면 한 놈도 안 나설 거면서!”

규원이와의 일을 생각하면 야자도 하기 싫지만 찍히기 싫어서 남긴 남았다. 공부는 거의 안 됐다. 계속해서 규원이 자리만 흘금거리게 되었다. 규원이는 그래도 공부가 되나 보다. 사전도 검색하고 책장도 넘어갔다. 하여간!

야자 시간이 중간쯤 지나갔을 때 다른 반인 용미가 나를 불러냈다. 우리는 화장실로 갔다. 비디오카메라 이야기인 줄은 정말 생각지도 못했다.

"뭔가 찍혔다는데 그냥 지워도 되냐고 묻는다, 우리 삼촌이."

"그게 무슨 소리야?"

"태은이 녹화한 그거."

"녹화?"

"지워도 돼? 바로 연락해달래."

용미는 전화기를 열고 금방이라도 문자를 찍을 태세였다. 잠시 멍하기는 했지만 그리 오랫동안은 아니었다.

"가만, 가만…… 그러니까 그게."

왜 그 생각을 못했을까. 이건 태은이와 규원이가 나누던 말이 비디오에 고대로 다 찍혔다는 그 소리가 아닌가. 나는 다급하게 손사래를 쳤다.

"아, 안 된다고 해. 그거 필요한 거라고 해. 지우지 말라고 하란 말이야."

"왜? 안 떠냈어?"

"으응. 깜빡했어."

토요일 날 그럴 정신이 어디 있었겠는가. 집안이 발칵 뒤집혔는데. 비디오카메라는 용미한테 그대로 반납되었다. 잃어버리지 않은 것만도 천만다행이었다. 규원이도 그 생각은 못한 것 같다. 사실 의외의 일이 터져 사실상 그 장면은 필요가 없어졌다. 애초 담임이 기획한 것은 우리 반의 간직할 만한 추억을 만드는 것이지 규원이와 태은이의, 간직하고 싶지 않은 거짓된 순간은 아니었다. 더구나 키스를 해달라느니 마느니 하는 말도 안 되는 수작이라니, 완전 19금 수준이 아닌가 말이다.

용미와 조금 더 대화를 한 다음에 방법을 찾아냈다. 용미네 삼촌한테 부탁해서 그 장면을 시디에 굽는 거였다. 그런데 삼촌과 직접 통화하고 보니 더 간편해졌다. 파일을 메일로 보내줄 테니 받으라는 것이다. 한 시간 안으로 보내놓겠다고 했다. 나는 고맙다고 했다.

"규원이한테는 비밀."

그랬더니 용미는 "벌걸 다 비밀로 거네" 하면서 입을 삐죽거렸다. 거기에 뭔가가 있으리라고는 상상도 못하는 것 같다.

그 뒤로는 더 공부가 안 됐다. 처음에는 순전히 호기심 때문이었다. 규원이와 틀어진 건 틀어진 것이고 알 건 알아야겠다는 생각, 도대체 무슨 말을 나누었을까 하는 궁금증이 물밀 듯이 밀려왔다. 하지만 나중에는 책임과 의무라는 말이 떠올랐다. 내겐 그 비디오를 보아야 할 책임이 있는 것 같았다. 그날 규원이한테 섭섭했던 것이 다 용서되지 않았으니까 엄마들 앞에서 나도 모르게 그런 말을 하게 된 게 아닐까. 그건 나 혼자 살자는 것이기는 했어도 아주 거짓은 아니었다. 나는 오늘 밤 내로 그 안에 들어가볼 생각이었다. 규원이가 말하는 키스감옥 안으로 말이다.

집에 갔더니 예상대로였다. 엄마가 짜증 가득한 얼굴로 식탁 의자에 앉아 있었다.

좀 과장을 하자면 우리 엄마 기분을 결정하는 것은 언제나 규원이네 엄마다. 규원이네 엄마가 던진 말이 엄마 마음의 윤곽이 된다. 아빠 말은 대충 씹거나 무시한다. 한마디로 아빠는 더 이상 엄마를 긴장시키지 못한다. 그저 돈만 좀더 벌었으면 하는 게 아빠에 대한 우리 엄마 마음이다. 아줌마는 아니다. 바스락거리는 소리만 들려도 엄마는 귀를 쫑긋 세운 채 아줌마를 주시한다. 이런 두 사람 관계를 도대체 뭐라고 불러야 하나. 그런 명칭이 있기는 한 걸까.

나는 용미네 삼촌이 보냈을 메일이 궁금해 엄마 곁을 대충 지나쳐 내 방으로 들어가려고 했다.

"그 여편네 이번에는 분위기가 사뭇 다르더라. 어쩌면 진짜 등을 지게 될지도 모르겠어. 이러다 우리 이사 가야 하는 거 아니니?"

"이사?"

"그래, 이것아!"

듣고 보니 새삼 심각하다는 생각이 든다. 내가 왜 그런 말을 했을까. 학교에서와는 달리 후회가 밀려와서 나는 엄마 옆에 털썩 주저앉았다. "얘가요, 둘이 있으면 저를 좀 힘들게 해요. 오늘도 키스하자고 해서……" 아, 웬 병든 닭이 기침하는 소리! 야자 끝판에 하도 공부가 안 되어 그것을 공책에 적어서 읽어봤더니 어감이 달라도 너무 달랐다. 분명히 거짓말은 아니지만 참말이라고 하기에도 하자가 있는 말이라는 것을 비로소 알게 되었다. 아, 다르고 어, 다르다더니, 말이라는 것은 요술 지팡이 같을 때가 얼마나 많은가. 특히 맥락을 제거하고 뼈만 남은 말을 주의해야 한다. 참말과 거짓말 사이에서 줏대 없이 갈팡질팡하는 것 같은가 하면, 어느 결엔가 저 혼자 가방 메고 신발 끌며 어디론가 가버린다. 한마디로 독자 행동을 일삼는 것이다. 암적인 존재 같으니라고. 왜 주인이 있으라는 그 자리에 가만히 있지 않고 제 맘대로 나대서 임신 가능성 어쩌고 하는 먼지까지 불러일으키느냐 말이다, 왜? 그뿐인가. 어떻게 이간질했기에 규원이를 그토록 화나게 한 거야, 응? 내가 성발 억울한 선 평소에 거짓말을 별로 안 하던 내가 어쩌다 한 번 한 것 때문에 덫에 걸리고 말았다는 것이다. 아줌마랑 규원이가 그것을 감안해주면 얼마나 좋을까.

사실 규원이네와 우리는 한가족은 아니지만 한가족이 아니라고 말하기도 어렵다. 단지 이웃사촌이라는 그런 뜻이 아니다. 어쩌다 보니 사이가 나빠지거나 상대방을 끊어내면 살맛이 안 나는 그런 관계가 되고 말았다. 그러면서 약간 비합리적인 구석도 가지고 있다. 누군가 가족이 뭐냐고 물으면 나는 이런 걸 가족이라고 대답할 것 같다. 그런데 나 때문에 그 가족이 찢어질 위기에 처했다.

"네가 책임져."

엄마가 말했다.

"책임은 무슨 책임. 엄마는 모르면 가만히 좀 있어."

나는 또 그렇게 말하고 만다. 엄마가 책임지라고 하는 순간 내 머릿속에 떠오른 것은 태은이의 로봇이 되어 움직이는 규원이의 속없는 모습이었기 때문이다. 내 안에서 우악스러운 처녀가 뽀빠이 같은 주먹을 휘두르며 발광이라도 할 것 같다. 그러기 전에 얼른 자리를 피해야겠다. 나는 내 방으로 들어가 천천히 옷을 갈아입었다.

"어, 이게 뭐야?"

겨우 그림을 잡아서 화면을 안정시켰으나 영 이상했다. 사람이 찍힌 게 아니라 병원 침대 끝부분 모서리가 비스듬하게 찍힌 채 고정되어 있었다. 무엇보다 렌즈를 너무 가까이 당겨서 모든 게 엉망이 되었다. 중간중간 미리보기로 돌렸을 때 사람 꼴이라고는 누군가의 발이 전부였다. 캐릭터 양말을 신고 있는 것으로 보아 태은이 발이 분명하다. 그러다가 뭔가 휙 스치고 지나가는 그림자가 보일 때도 있었다. 아예 깜깜해진 장면도 적지 않았다. 사진으로 치면 인화 과정에서 다 삭제당할 그런 것들이다. 만날 규원이 제가 무슨 예술가라도 되는 척하더니. 꼴좋다!

이걸 좀 보라며 규원이한테 따지고픈 심정이 되어 화면을 내리고 침대에 드러누웠다. 잠시 쉬면서 이런저런 생각을 할 때였다.

'비디오만 의미가 있나, 오디오는 아무것도 아닌 걸까?'

나는 벌떡 일어나 다시 컴퓨터 앞에 앉았다.

'이런 바보 같으니라고! 지금 무슨 영화 보려고 하니? 카메라가 요리조리 사람의 표정까지 다 잡아낼 줄 알았어?'

플레이가 시작되고 나서 15분 지나도록 부스럭거리는 소리만 들렸다. 지루하고 답답해서 인내심이 필요했다. 간간이 문이 열렸다 닫히는 소리가 들렸다. "어이, 씨!" 하는 규원이의 목소리는 반가우면서도 지겨웠다.

"날뛰지 마, 다른 방법이 있어? 너 이렇게 날 실망시키고 말 거야?"

16분가량 지났을 때 갑자기 높은 볼륨으로 목소리가 튀어나와 깜짝 놀랐다. 얼른 소리를 줄였다. 태은이 엄마였다. 태은이와 다투면서 비디오가 설치된 그 장소로 돌아온 것 같았다. 그때 불현듯 이런 생각이 머리를 치고 지나갔다.

'이건 반칙인데.'

잘은 모르지만 그런 것 같다. 나는 지금 엿듣기에 해당되는 짓을 하고 있는 거였다. 비디오는 없고 오디오만 있으니까 더 그런 생각이 드는 것 같다. 하지만 그걸 끝까지 다 들어보고픈 마음을 내가 어떻게 제어할 수 있단 말인가. 난 도덕 교과서에 나오는 그런 사람이 아니다. 나는 결국 듣고 말 것이다. 그런 생각을 하는 순간 태은이가 "나 혼자 있고 싶어!"라고 악쓰는 소리가 들렸다.

그 후 아줌마의 좀 민망한 욕설과 여러 번 문 여닫는 소리.

그렇게 태은이가 혼자 된 줄 알았는데 잠시 후 "왔니?" 하는 소리가 들렸다. 다음 소리를 통해 태은이가 규원이에게 던진 말이라는 것을 알았다. 한 시간도 넘게 전철을 타고 와서 또 한 시간을 더 기다린 친구인데 태은이는 친절하거나 반가워하기는커녕 잡아먹기라도 할 것처럼 히스테릭했다. 그러다가 이런 소리가 들렸다.

"너도 그만 꺼져! 다 싫어."

나는 플레이어를 탁 껐다. 생각하고 끈 게 아니었다. 날아오는 돌멩이를 피하듯이 나는 나를 방어한 거였다. 창이 사라졌는데도 가슴이 두근거렸다. 규원이 때문이 아니었다. 나한테 하는 소리를 들은 것 같다. 태은이가, 태은이의 목소리가 나를 후벼 파는 것 같았다. 아니, 나는 이미 후벼 파인 상태였다.

나는 컴퓨터를 아예 꺼버렸다. 왠지 귀신 붙은 물건을 만진 기분이어서 의자를 뒤로 물리기까지 했다. 그러다가 나는 내 방에서 나왔다.

식구들은 보이지 않았다. 나는 괜히 거실을 어슬렁거리다가 티브이를 켰다. 「힐링캠프」가 방송되고 있었다. 아무 소리도 귀에 들어오지 않았다.

나는 티브이를 끄고 다시 방으로 들어가 컴퓨터를 켰다. 바탕화면에 저장해둔 파일을 다급하게 지우고 메일도 삭제했다. 휴지통까지 비워버렸다. 다시 나와 화장실로 들어가 얼굴을 씻으면서 내가 방금 차단한 것은 감옥으로 들어가는 입구라는 것을 알았다. 그 감옥이 나하고 연결되는 것을 나는 원하지 않았다. 가슴에 손을 대

봤다. 다행히 치명상을 입지는 않은 것 같다. 이상하게 찌그러져 있었지만 거울 속의 얼굴이 안심하라고 말하는 것 같다. 하지만 완전히, 백 프로 안심이 되지는 않았다.

"엄마!"

얼굴을 닦지도 않고 나가 엄마를 찾았다.

"나 오늘 엄마랑 같이 잘래."

나는 그냥 엄마 옆에 누워버렸다. 엄마 몸을 꽉 껴안았지만 뭔가가 미진하고 부족한 것 같아 이불을 푹 뒤집어썼다. 아예 태어나기 전의 상태로 돌아갈 수 있다면 얼마나 좋을까. 그러면 완전히 안심할 수 있는데. 나는 그런 생각을 하면서 이불 속으로 자꾸만 꾸역꾸역 기어들어갔다. 가출이라고는 해본 적 없는데 이상하게도 나는 집에 돌아온 기분이었다.

지금 이 순간 나는 너를 느낀다

새벽에 잠이 깼다. 엄마가 코를 골았기 때문이다. 시계를 봤더니 일어나야 할 시간보다 한 시간이나 일렀다.

아빠는 거실 소파에서 자고 있었다. 방에 들어가 자라며 깨울까 하다가 내버려둔다. 아빠가 거실에 있는 게 차라리 나았다.

살금살금 다가가 내 방의 문을 삐죽이 열고 안을 엿보았다. 컴컴한 게 깊이를 알 수 없는 뻘 같았다. 그림자를 감추고 있는 밤의 숲 속 같기도 하다. 왠지 꺼림칙하고 이상해서 자꾸만 아빠를 돌아보았다.

내 방 전등 스위치를 올렸다. 여기저기 이상은 없는지 두리번대다가 방문에서는 잘 보이지 않는 책상 아래, 침대 머리 근처를 면밀히 살폈다. 거기에 뭐가 있을지 상상할 수 있었다. 빨지 않은 스

타킹, 문제집과 노트, 머리카락, 엄마가 미처 보지 못한 구겨진 가
정 통신문 같은 것.

하지만 그것뿐일까.

오늘은 왠지 그 밖의 다른 무엇이 더 있을 것만 같다. 그것이 나
를 선뜻 그 안으로 들어가지 못하도록 가로막는 것 같다.

'내 방인데, 씨!'

그때 거실 장식장 옆에 약상자를 올려놓던 낮은 탁자가 희미하
게 시야에 들어왔다. 그 위에서 작은 것 중에 아무 상자나 골라와
책상 아래를 겨냥해 던졌다. 탁! 소리는 제법 났지만 그저 그랬다.
다음에는 쓰다 남은 물파스를 던졌다. 역시 별로였다. 그 뒤로는
이것저것 손에 잡히는 것을 함부로 던졌다. 펜, 박스 테이프, 얇은
책자, 심지어는 허브 향 방향제를 뿌리기도 했다.

그러다가 정말 괜찮은 것을 찾아냈다. 시디였다. 귀신 퇴치용으
로는 이보다 더 나은 게 없을 것 같았다.

케이스를 벗겨내고 부메랑을 던질 때처럼 단단히 자세를 잡았다.
가까이 있던 냉장고가 부웅 보터 소리를 내면서 나를 응원하기 시
작했다. 나는 가급적 시디가 방안을 정통으로 가로지르게 할 참이
었다.

'가만 안 둘 거야.'

그런데 그때 어디선가 까르르르 아이들의 웃음소리가 들려서 혼
비백산 나도 모르게 푹 주저앉았다. 사방을 두리번거렸지만 소파

에서 배를 걷어붙인 채 잠들어 있는 아빠 모습을 확인한 게 전부였다. 인기척을 느낀 아빠가 몸을 움직이나 싶더니 아랫배를 벅벅 긁어댔다.

"아, 씨이!"

손바닥으로 가슴을 진정시키며 다시 내 방으로 고개를 돌렸을 때 뭔가 어렴풋이 알 것 같다는 느낌이 왔다. 그 방은 오래전 방이었다. 웃음소리는 기억이다.

우리 몸이 작았을 때는 책상 밑 구석진 그곳에 셋이 함께 들어가 껴안고 놀았다. 태은이랑 규원이랑 나랑 말이다. 그때 우리는 한몸 같았다.

"여기서 냄새나!"

언제나 냄새를 잘 맡았던 건 규원이었다. 내 방에서 나는 냄새가 내 냄새가 아니라 자기네 시골 할머니 집 닭장에서 맡았던 냄새와 같다는 것이 규원이의 의견이었다. 닭을 잡을 때 산 닭을 뜨거운 물에 넣었다 빼는데 내 방에 그 물이 뿌려진 것 같다는 말은 너무나 생경했다. 그래도 우리는 싸우지 않았다. 어떻게 싸우지 않을 수 있었는지 다 커버린 지금은 새삼 의문이 들지만 그때는 왜 그럴까 고개를 갸웃거리면서 과학자 흉내 내기 바빴다. 지금 생각하면 이 방이 '우리 방'이어서 그랬던 것 같다. 그 냄새는 '우리 냄새'였다. 우리한테서 나는 냄새 때문에 우리가 싸울 필요가 있을까.

한마디로 내가 기억하는 '우리'는 내 책상 밑 침침한 그곳에서 태어났다.

'우리 방'에서 가장 먼저 불려간 것은 언제나 태은이었다. 좀 재미있을 만하면 아줌마가 와서 데려갔다. 태은이는 '우리 몸'에서 잘못 자라난 손톱 같은 아이였다. 어쩌면 하나 더 자라고 있는 여섯 번째 손가락인지도 모르겠다. 태은이는 장갑이나 양말짝 같은 것을 빠뜨리고 간 적도 있었다. 태은이의 물건, 이를테면 양말짝이나 공책, 지우개 같은 것이 여기저기 뒹굴며 돌아다녀도 나는 무서운 적이 없었다. 그런데 그렇게 '우리'였던 것에서 '너'와 '나'가 나뉘어 '너'는 '나'에게 두려움이 된 것이다. 나는 시디를 가지고 그것들을 베어버리려 했던 것이고.

갑자기 울컥, 하고 무언가 올라왔다.

더구나 나는 진짜도 아닌 가짜 목소리에 나가떨어졌다. 컴퓨터 스피커에서 나온 태은이 목소리는 엄마가 좋아하는 규원이네 아줌마의 사인 같은 것이다. 그것은 빈 껍질이다. 껍질뿐인 텅 빈 목소리에 섭을 십어먹다니 비섭한 섯 같으니라고!

나는 시디를 약성자들 옆에 내려놓있다. 그 무잇도 다치게 하고 싶지 않았다. 추억조차도 말이다.

나는 "아자! 아자!" 외치면서 내 방으로 들어갔다.

죽음 앞에서 태은이가 느낀 공포, 그것을 인식하는 장치가 나에게도 내장되어 있는 게 분명하다. 그렇지 않았더라면 단지 한마디에 불과한 고함을 듣고 그것이 무엇인지 알아낼 수 있었을까. 혹여

터치라도 하게 될까 봐 두려웠을 리 있겠는가.

하지만 그런 기분도 잠깐, 나는 다시 오그라들었고 비겁해지려 했다. 분주하게 가방을 챙겼다.

'빨리 학교로 날라버려야지.'

버릴 건 버리고 챙길 건 챙기다가 파일이 꽉 차 있음을 알고 중요성이 떨어진 파일 책을 비웠다. 그러다가 그 소리를 들었다.

"그만 꺼져! 다 싫어."

아, 이놈의 소리! 진짜 같다. 그 애가 여기 어디 있다는 생각이 자꾸만 들었다. 태은이가 여기 있으려면 몸이 있어야 하는 게 아닐까. 아픔과 두려움을 느끼는 실물의 몸만이 태은이라는 존재를 입증할 수 있는 게 아닐까.

나는 얇은 노트를 돌돌 말아 책상을 탁탁 소리 나게 쳤다.

"여기는 내 방이야, 이제 넌 나가!"

그러자 책상도 책도 다시 내 것이라는 기분이 든다. 다행이다. 그러다가 왠지 모르게 미안해져서 스르르 손을 내렸다.

"그냥 여기서 나가라는 거야. 내 방에서만. 네가 원한다면 우리
집 거실에서는 있어도 좋아. 너도 알다시피 나는 성격이 고약해서
누구랑 방을 같이 못 쓰잖아."

나는 종알종알 이야기를 계속했다. 그러고 났더니 뭐랄까, 느껴
지는 태은이가 덜 무서워졌다. 이해되기 시작했다고 할까.

"너도 그렇다고?"

순간 어떤 것이 상상이 되었다. 내가 한 말에 내가 압도당한 격
이었다. 나는 몸서리치지 않으려고 계속 떠들었다.

"하긴 우리가 방도 같이 못 쓸 만큼 성격들이 안 좋은데 넌 네
몸에 다른 사람의 심장을 받아들여야 하는구나. 기분 진짜 장난 아
니겠다. 하지만 어떡해, 할 수 없잖아. 그렇게라도 살아야 하는 거
아니야? 네가 말한 대로 이건 어쩌면 생각의 운동장을 넓히는 것
과 연관된 것인지도 몰라. 그러니까 그냥 받아들여. 알았지?"

그렇게 미친 듯이 떠들고 났더니 마음이 한결 편해졌다. 둘이 같
이 앉아 떡볶이 같은 것을 배부르게 먹고 난 느낌이었다.

"일어났니?"

엄마가 하품을 하면서 방을 들여다보았다.

그때부터 바빠졌다.

머리 감고 세수하고 말리고 식탁 앞에 앉았다.

"잠자리 바뀌니까 자꾸 깨지?"

엄마가 순두부찌개를 내 앞에 놓아주었다. "맨날 순두부찌개

야!" 투덜거리고 한 숟가락 떠서 입안에 넣는데 갑자기 목이 멨다. 나는 울지 않으려고 욕 비슷한 소리를 하면서 그 맛없는 순두부찌개를 훌훌 마시듯이 먹어치웠다. 밑반찬까지 해치웠다. 끄억! 다 먹고 났더니 토할 것 같다. 그 덕에 눈물이 쏙 들어가기는 했다.

하지만 집을 나서자 또 생각이 변한다.

"남의 남친이나 탐내고!"

나는 나도 모르게 주먹을 쥐었다. 규원이한테 키스하자고 했다는 대목은 도저히 용납이 안 된다. 내가 좋아하는 애라는 것을 저도 뻔히 알지 않는가 말이다.

비디오를 확인하기 전에는 태은이의 행동이 가짜여서 문제라고 보았으나 지금은 진짜든 가짜든 상관없다. 어쩌면 진심으로 했을 소리라는 것을 인정할 수 있다. 그럴 수도 있을 것 같다. 태은이 역시 '우리'에서 '나'를 잘라내는 고통을 겪고 있는지도 모른다. 어려서 했던 종이 인형 놀이처럼 말이다. 커다란 마분지 판에 공주 같고 왕자 같은 예쁜 아이들이 있었다. 나는 가위질을 해서 그것들을 따로따로 분리해낸다. 거기서 규원이가 태어나고 태은이가 생기고 내가 만들어졌다. 규원이가 내가 되고 태은이가 규원이가 되고 내가 태은이가 되는 것이 너무나 자연스러웠다. 언제까지 그럴 수 있다면 좋겠지만 최소한 우리가 여자가 되고 남자가 되는 순간에는 태은이는 태은이라고 정해진 별이 되어야 하고 규원이는 규원이라는 별자리로 가야만 한다. 지금 우리가 겪는 고통은 그런 게 아닐까.

더구나 그중 여자애 하나는 여섯번째 손가락이 화근이 되어 종이 인형의 세계에서 제거될지도 모르는 위험에 처했다. 나 역시 지금 죽을지도 모른다고 하면 억울해서 발버둥칠 것 같다. 나라면 아마 돌아버릴 것이다.

아무튼 사람의 진심이라는 것은 짐작하고 다를 때가 많다. 데이터하고는 별개일 때가 있는 것이다. 아직은 어리기 때문일까. 태은이는 남에게 심장을 받는 엄청난 행운 앞에서 고마움을 느끼기보다는 겁을 집어먹었고 두려움마저 갖게 되었다. 수술이 성공하느냐 실패하느냐가 아니라 그것이 원래 남의 것이었다는 이유 때문에.

나는 하마터면 태은이의 두려움, 공포 바이러스에 감염될 뻔했으나 막아냈다. 그걸 쳐낸 것은 바로 나였다. 그런 선택을 하는 순간 나는 살아남았지만 이제는 내가 혼자라는 슬픔도 동시에 갖게 되었다.

함께라고 느끼면서도 분리되어 두려워져버린 것. '같음'에서 '다름'을 찾아내고, '다름'을 발견한 스스로를 어렵게 인정하고 받아들여야 하는 일. 그래서 슬픈 것. 이게 바로 어른들이 말하는 그런 건가. 삶의 고통 어쩌고 하는 호화로운 소리 말이다.

태은이는 이미 혼자라는 슬픔을 알아버린 아이인지도 모른다. 태은이는 규원이를 좋아했던 것이다. 진짜로 말이다. 나는 그것조차 느낄·수 있다. 죽을지도 몰라서 공포스러웠던 것도, 규원이를 좋아했다는 것도, 아무래도 다 사실 같다.

"저리 가!"

태은이에 대한 미움이 커져버린 나는 야멸차게 꾸짖다가 내 소리에 놀라 멈칫 뒤돌아본다. 혹시 본 사람이라도 있을까 봐 겁이 났다.

'학교 가서는 이러지 말아야지. 잘못하면 정신병원에 끌려가겠어.'

횡단보도를 지나자마자 나는 천천히 뛰었다. 그렇게 하면 태은이는 아마 따라붙지 못할 것이다. 그 애는 잘 뛰지 못하는 아이이므로.

나에 관해 나도 잘 몰랐던 것

　모의고사를 완전 망쳤다. 정말 걱정된다. 전국 단위가 아니니까 어쩌고 하면서 변명을 준비해두고 있지만 그와는 무관하게 내가 보는 시험이 어떤 반복된 패턴을 가지고 있다고 느낄 때면 섬뜩해진다. 영어를 잘 보면 수학이 망가지고 수학을 좀 봤다 싶으면 엉뚱하게 사탐이 삐그러진다. 그 결과 총점은 늘 엇비슷하다. 네 과목 중에 두 과목 잘 보기가 어쩌면 이렇게 힘든 걸까. 고3이 되고 11월 본시험에서도 이와 같은 저주가 반복된다면 어떻게 해야 하는 거지. 처음부터 다시 시작해야 하나.

　집으로 돌아가는 길에 기다렸다가 규원이한테 어렵게 말을 걸었다.

　"잘 봤어?"

“그냥.”

인색하기는, 자식! 이전 같았으면 어깨라도 툭 치면서 “야 우리 매운 떡볶이나 먹자”라고 했겠지만 지금은 나도 영 어색해져버렸다. 그래도 이나마 말문을 튼 것은 내가 아줌마한테 빌러 갔다가 호되게 당했다는 것을 규원이도 알았기 때문이다. 아줌마 앞에서 변명하면서 내가 얼마나 쫄았는지. 그 순간이 얼마나 지옥 같았는지……

“그러니까 네가 살려고 내 아들을 깎아내린 거구나?”

어휴! 지금 생각해도 오금이 저린다. 아마 밤에 그런 꿈을 꾸게 된다면 오줌을 쌀는지도 모른다. 그건 틀림없이 악몽일 테니까. 특히 ‘내 아들을 깎아내린 거구나?’ 할 때의 싸늘함이란, 어떤 영화나 드라마에서도 본 적 없었다. 아줌마가 그렇게 무서운 사람인지 그때 처음 알았다. 자식에 대한 엄마의 마음, 아니 아들을 향한 엄마의 마음이란 그런 걸까. 우리 엄마도 누군가 나나 영찬이를 욕보이려고 하면 그렇게 나올까.

나는 규원이와 보조를 맞추었지만 곁으로 한 발짝 더 다가가지는 않는다.

“화 풀어. 내가 잘못했다고 했잖아.”

“나, 화난 거 아니야.”

“그럼 왜 쳐다보지도 않는데?”

“난 실망한 거야.”

윽. 갑자기 통증이 밀려드는 것 같아 나는 걸어가면서 몸을 비틀었다. 키스감옥으로 들어가려다 다친 그곳이다.

"규원아!"

방심하는 사이 규원이가 저만치 앞서 가버렸다. 왠지 쫓아가기 싫다. 나도 힘드니까. 큰일이다. 싸운 지 열흘도 더 지났는데.

'싫으면 관두라지.'

나도 배짱으로 나간다. 내가 아쉬울 게 뭐 있다고. 아줌마가 했던 말을 생각하면 그런 나의 마음이 더 굳건해지고 정당화되기까지 한다.

사실 욕보인다느니 깎아내렸다느니 해친다느니 하는 말, 아직은 잘 안 받아들여진다. 아직은 내가 '우리'에서 '나'를 완전히 분리해내지 못했기 때문일 수도 있다.

나는 언제나 규원이를 나와 같은 생각을 지닌 같은 존재로 보았던 것 같다. 나는 그냥 내 대신 매를 좀 맞아달라는 것이었지 결코 규원이를 짓밟으려는 게 아니었다. 말이 나왔으니 하는 것이지만 기왕 그렇게 모순된 상황에 봉착했다면 나보다는 규원이 저가 혼나는 게 사리에 맞는 거 아닌가. 나는 그것을 양보나 희생쯤으로 가볍게 여겼던 것이다.

그리고 말이지, 규원이 제가 태은이 생일날 "네 이름을 떠올릴 때마다 삶이 새삼 경건해지는 걸 느껴" 어쩌고 하는, 말도 안 되는 쪽지를 보내지만 않았더라도 태은이가 감히 내 남친한테 키스 부탁을 할 수 있었을까. 그런 쪽지를 보내니까 태은이가 헷갈리는 건 당연하다. 한마디로 규원이가 빌미를 줬다고 봐야 한다. 그걸 생각하면 규원이를 평생 키스감옥 안에 가둬놓고 못 나오게 막아도 시원치 않다. 그런데도 골탕 먹은 것은 나다. 아줌마한테 완전 세게 당했다. 호랑이 입속까지 들어갔다 나온 기분이다. 그러니 이건 억울하다는 말로는 표현이 안 된다. 규원이와 화해하더라도 이전처럼 지내기는 힘들지도 모른다. 아줌마가 나에게 했던 말들을 내가 잊지 않고 기억하는 한 그럴 것이다.

아줌마는 꿇어앉은 나를 향해 이렇게도 말했다.

"내 입으로 이런 말하기 뭐 하다만, 나는 내가 통이 큰 사람이라고 생각한다. 난 웬만한 일로는 화내지 않아. 하지만 하나, 내 아들을 깎아내리거나 해치려고 하면 나는 가만 안 있는다. 무슨 소린지 알아듣겠니?"

휴우—— 무서운 어른들은 그런 말을 하고 난 뒤에 꼭 "무슨 소린지 알아듣겠니?"라면서 최종 확인을 한다. 드라마나 영화에서 말이다. 주인공은 실낱같은 목소리로 "네"라고 겨우 대답하고. 그런 경험을 내가 직접 하게 될지 어떻게 알았겠는가.

암튼 세상도 만만치 않고 규원이네 엄마도 내가 믿었던 그런 사람이 아니라는 것을 확실히 알았다. 한 번 쪼그라들었다가 다시 폈더니 왠지 모르게 가슴이 커진 것 같다. 하지만 이거 하나는 확실히 말할 수 있다. 앞으로 규원이하고는 마음을 맞추기 위해 노력하겠지만 아줌마한테는 잘 보이려고 괜히 생쇼 하지 않을 거다. 기죽지도 않겠다. 나는 아줌마 딸이 아니라 우리 엄마 딸이니까.

"여보세요 시녀님, 비가 올 것 같아요. 얼른 이 안으로 들어와 비를 피하셔요."

우산을 받치며 다가온 것은 5반의 윤도였다. 짓궂지도 않고 느끼하지도 않은 목소리다. 키가 나보다도 크고 우람해서 존재감을 확실하게 준다.

"시험 잘 봤어?"

"아니, 망쳤어."

윤도가 어깨를 부딪쳐온다. 의도적인 걸까. 기분이 나쁘지는 않다. 야릇하고 복수한 기분도 든다. 중학교 때 윤도가 나한테 프러포즈한 적이 있어서 더 그런 것 같다. 그때는 내가 윤도를 턱없이 얕보았었다.

"영주야."

용미와 진아 등 내 친구들이 굴비처럼 엮여 줄줄이 나타났다. 빗방울이 듣는 듯 마는 듯해서 다들 우산은 생략한 상태였다. 네가 들어 있는 우산 속을 엿보더니 애들이 우우— 하고 놀렸다. 하여간 냄새들은 잘 맡아요.

우리는 학교 앞 분식집으로 몰려가 오뎅을 하나씩 집어 들었다. 시험 친 날이라 야자를 안 한 데다 5월로 접어들면서 해가 더 길어져서 아직도 대낮 같다. 순식간에 빈 꼬치가 쌓여갔다. 찹쌀 순대도 시켰다.

"너 시녀 등극하는 거 이번 주지?"

"야, 등극은 무슨. 그냥 연기인 거야. 공주감인 내가 키가 크다는 이유로 시녀 역으로 체인지된 거지."

"연기라는 것은 진지하게 자꾸 하다 보면 나중에는 자기가 맡은 배역하고 비슷해진다. 진짜로 그렇게 살게 되는 거야."

"그게 무슨 소리야?"

"우리 엄마는 나 설거지도 안 시키잖아. 어려서 자꾸 설거지하면 결국 설거지하는 여자로 살게 된다고. 시녀 역을 한다는 것은 네 인생의 몇만 분의 일은 시녀가 되는 그런 거하고 비슷한 거야."

"지랄! 완전 뽀로로 담배 피우는 소리하네. 나중에 배우 되려면 이런 거 저런 거 다 해볼 필요가 있는 거거든. 모르면 가만이나 있어라."

"넌 배우 할 애는 아니잖아."

용미가 뜬금없는 소리를 한다. 그럼 내가 뭐 할 것처럼 보이냐고 하니까 현모악처 노릇하면서 된장녀로 살 것 같단다.

"헉, 어떻게 알았지, 그게 내 꿈인데."

그렇게 웃어대다가 "너 규원이랑 싸웠다며?"하는 이야기가 나왔다.

"누가 그래?"

귀신들이다. 학교에서 말을 안 한 것도 아니고 그냥 좀 뻘쭘했을 뿐인데.

“그럼 너 토요일 날 매니저 없어서 어떡해? 참고로 난 못한다. 학원도 가야 하고.”

“나도.”

“이것들이!”

완전히 발뺌이었다. 기가 막혀 하면서 나는 용미한테 사정을 했다.

“그렇다고 우리 엄마한테 해달랠 수는 없잖아. 학원 한 번만 빠져라, 응?”

“안 되는데……”

“야아!”

“솔직히 공주 보필하는 것만 해도 쪽팔리는데 시녀 보필이라니, 내가 무슨 무수리냐? 무수리냐고?”

‘칫, 어차피 해줄 거면서.’

그러자면 과정을 밟아야 하나 보다. 어디 가나 정말 피곤한 인생이다.

“그게 이유야? 이건 연기라니까, 즐겁게 노는 거라고.”

“그러게, 놀아도 왜 하필 무수리로 노냐고, 기왕이면 공주로 놀거나 공주를 보필하는 시녀가 되면 좋잖아.”

“세상에 공주만 역할이냐? 모두 다 공주만 하겠다고 하면 어떻게 해. 모두 다 사장하고 모두 다 대통령만 맡겠다고 하면 놀이가 성립이 안 되는 거잖아. 무수리가 있으니까 시녀가 있고 시녀가 있으니까 공주도 있는 건데.”

"내가 널 위해 무수리 노릇하면 넌 나한테 뭐 해줄 건데?"

"당연히 그날 쏘지. 화끈하게."

"그렇다면 내키지는 않지만 생각은 해볼게."

"부탁한다, 친구야."

계산을 하고 다 같이 돌아서는데 윤도가 말했다.

"매니저 내가 해줄까?"

"야, 그거 안 돼. 여자 옷 들고 옆에 서서 보필하는 거야."

용미가 잽싸게 말했다. 윤도가 좀 전에 용미가 했던 말을 차분히 환기시켰다.

"원래 규원이가 할 거였다며, 규원이는 되는데 나는 왜 안 돼?"

"에이 그거야……"

용미는 이리저리 휘, 휘 눈치를 보았다. 그런 다음

"그러게 왜 규원이는 되는데 너는 안 된다고 본 거지?"

하면서 고개를 절레절레 흔들었다. 그런 이야기가 오갔다. 심각하지는 않았다. 마치 내가 규원이 여친이라고 주장할 때 내 친구들이 집단으로 나서서 장난으로 돌려버렸듯이 장난으로 시작했다가 장난으로 끝났다. 헤어지면서 용미가 말했다.

"넌 자세히 알게 되면 알게 될수록 매력이 떨어지는 애야."

아우라가 없다 그 말인가, 쳇! 펄펄 뛰는 척해야 하는 데 나는 그냥 입만 삐죽거렸다. 그런다고 내 외모가 훼손되는 것은 아니니 걱정할 필요가 없기도 했지만 내 마음속은 이미 다른 생각으로 분주했다.

지금까지 나는 불만이었다. 왜 규원이는 나한테 안달복달하지 않는 걸까. 내가 시녀가 된 것도 어쩌면 그 집착의 결과인지도 모른다. 그런데 나에게 규원이는 '남자애'가 아니었나 보다. 윤도 같은 애가 절대 대신할 수 없는 것을 규원이가 해왔다는 것은 규원이가 남자애가 아니라 내 동생이나 오빠, 혹은 사촌처럼 느껴졌다는 뜻이다. 너무 친해도 문제가 되는 사이라니, 맙소사!

하지만 나는 기억하고 있다. 태은이가 키스하자고 말했을 때 규원이는 그것을 보류하고 나에게 달려왔다. 그것은 규원이가 나에게 혈육과 같은 친근한 존재이지만 동시에 남자애이기도 하다는 뜻 아닐까. 그러니 걱정할 필요가 없다. 오히려 이제 시작인 것 같다. 규원이와 나의 관계 말이다. 더구나 키스감옥은 용미나 진아가 도저히 알 수 없는 우리들만의 비밀이 되었다. 비밀이야말로 평범하던 관계를 사귀는 사이로 만드는 첫번째 조건이 아닐까.

결사적으로 지켜야겠다. 우리들의 비밀을.

내가 이 얼굴을 하고도 매력 없고 아우라 없는 애로 찍혀버린 것은 비밀이 없었기 때문이다. 너무 철없이 모든 것을 다 까발렸던 것 같다.

이젠 그러지 말아야지.

그럴 수 있을까, 내 성격에?

어쨌거나 키스감옥의 출현은 나에게 고마운 일이 되었다. 그 덕분에 규원이와 나 사이가 이전과는 다른 사이로 변했으니 말이다.

집에 들어가 화장실에서 세수하고 나오는데 내 방에서 휴대전화 벨 소리가 들렸다. 모르는 번호였다. 그것도 휴대전화 번호다. 그냥 받지 말까 하다가 혹시 "윤도?" 하면서 통화 버튼을 눌렀다.

"송영주 학생?"

남자 어른의 목소리가 들리자 윤도일지도 모른다고 생각했던 게 수치스러워진다. 아, 철들자고 맹세한 지 30분도 안 됐는데……

확실히 나는 중환자다. 공주병 중환자.

"네, 그런데요."

"성남시청이에요."

"어? 무슨 일이신데요?"

행사 취소한다는 전화면 얼마나 좋을까. 그런데 공무원으로 짐작되는 그 어른의 질문은 영 생뚱스러웠다.

"혹시 정순자 학생하고 연락되나?"

"정순자가 누군데요?"

그러다가 나는 "내 이름은 정순자" 하는 랩을 떠올렸다. 그 왕싸가지 '언니 유방암'을 말하는 거였다. 이런데 이 아저씨는 왜 점점 반말이 되어가나.

"왜요?"

내 목소리가 퉁명스러워졌다. 연락이 안 된다고 했다. 그럼 '언니 유방암'네 학교로 전화하면 되지 왜 나한테 이러는 걸까.

"그쪽으로도 연락이 안 되네."

공무원이 말했다. 나는 수화기를 귀에서 떼어내 빤히 노려보았다. 이거 중국에서 걸려온 사기 전화 아니야? 공무원이 뭐 이렇게 허술해? 그런데 이야기를 하다 보니 그럴 수도 있겠다는 생각이 들었다. 자기들로서는 루트가 완전히 막혀서 자포자기한 심정으로 시녀들한테 전화를 돌리고 있는 거란다.

잠시 후에 나는 용미가 말한 친구의 사촌을 생각해냈다. 내키지는 않았으나 연락해본 다음 전화주겠다고 하고 끊었다.

그런데 연락해본 결과는 충격적이었다. 용미가 전화로 호들갑을 떨었다.

"지금 목에 깁스하고 있단다. 오토바이 타다가 사고 나서 십 주 나왔대. 어머머머, 너 이러다 정말 공주 되는 거 아니니?"

나야, 아니면 전통 의상이야?

"규원아, 필름 좋은 거 써라."

"좋은 거 썼거든."

"암튼 잘 찍으라는 뜻이야, 예쁘게, 알았지?"

단장을 끝낸 나는 우리 집 소파에 그림처럼 앉아 있고 규원이는 멀찍이 떨어져서 필름을 손보고 있다. 아직 집을 나서지도 않았는데 한 통을 다 찍었다. 카메라가 보면 나는 어떤 표정을 지어야 할지 아직 잘 모르겠다. 웃으면 주름이 생기거나 화장이 망가질 것 같고 찡그리면 사진이 이상해질 것 같다. 그래서 그저 무표정하게 주시하다가 카메라에 대한 불만을 말하기도 한다.

"카메라 이름이 F4가 뭐야, F4가."

디지털이라면 사진 보정을 할 수도 있는데 필름은 그럴 수가 없

다. 나는 그게 불만이다. 2012년에 웬 수공업적 필름!

우리 엄마도 그렇다. 인생에서 처음이자 마지막 하는 공주 노릇
인데 괜찮은 사진작가라도 부르지. 촌스러운 F4로 이 순간을 간직
하게 만들다니.

나는 카메라 렌즈를 확 노려보다가 규원이랑 눈이 마주치자 슬
그머니 내리깔았다. 우리가 '우리'에서 분리되기 시작했거나 아직
은 덜 익은 관계이거나 간에 이렇게 시간 내서 찍어주는 것만도 고
맙긴 하다. 지금 카메라를 탓할 때는 분명히 아니다. 사실 왜 A4가
아니라 F4인지는 모르지만 사진으로 보면 디지털이나 F4나 별로
차이가 없단다. 규원이는 F4 카메라를 신주단지 모시듯 한다. 오래
봐왔다. 그 카메라로 사진 찍는 거.

뭐 이미 짐작을 할는지 모르지만 나는 공주가 되었다. 물론 이번
에도 얼굴 가지고 뽑힌 것은 아니다. 말썽이 날 수도 있다며 추첨
을 했다. 경쟁률은 좀 낮았다. 후보까지 포함해 시녀 일곱 명을 모
두 소집했으나 나하고 두 명이 왔고 나머지 한 애보다 내가 운이
좋았다.

규원이랑은 다 풀린 게 아니다. 오늘 아침 카메라를 들고 와서
규원이가 이렇게 말했다.

"내가 사진 찍어준다 해서 우리가 화해한 거라고 착각하지 마.
난 우리 반에서 내가 맡은 일을 하고 있을 뿐이야. 네가 공주 역할
에 충실하듯이 난 지금 사진 찍는 역할에 충실하고 있는 거야."

'그래, 너 잘났다!'

물론 속으로 한 말이다.

달리 보면 그것은 좋은 말이다. 각자가 자기 위치에서 할 일을 다 하는 것. 우리가 이 세상에서 자리를 잡는다는 것과 비슷한 이야기니까.

야구를 할 때도 그런 게 있지 않나. 포지션 말이다.

만약 내가 1루수라면 아무리 야구를 사랑하고 투수를 돕고 싶어도 앞으로 뛰어나가 내 위치를 벗어나면 안 된다. 뭐든 1루수라는 내 자리에서 해야 한다.

실력 있는 투수와 1루수.

그것이 규원이와 나라고 생각한다고 해서 손해 볼 일이 있을까. 무원칙적이고 뒤죽박죽이었다가 드디어 포지션을 갖게 되었다면 축하할 일이다. 밑도 끝도 없는 말을 하며 살다가 어떤 포지션을 통해 세상을 보면 그것이 체계적으로 보이기 마련이다. '나'라는 것도 어떤 대단한 것이라기보다 1루수라는 그 자리를 통해 나타나는 그 무엇인지도 모른다. 우리는 그렇게 점점 성장해갈 것이다.

앞으로 나는 이렇게 할 작정이다.

그냥 안 싸운 척, 들이대고 싶거나 들이댈 필요가 있을 때 들이댈 생각이다. 나답게 말이다. 그러다 아우라가 사라지고 매력이 반감되는 문제는? 그건 걱정 안 해도 된다. 그것까지 아니꼬워할 정도로 규원이가 그렇게 독한 애는 아니다.

"갈 때 안 됐어?"

화장실에서 나온 이모가 말했다. 이모가 오늘 나의 화장과 머리 손질을 맡은 것은 물론 옷도 입혀주었다.

"얼른 나가자."

엄마가 시간을 확인하더니 갑자기 재촉했다. 아빠가 밖에서 차에 시동 걸고 기다리고 있다고 한다. 내가 소파에서 일어나 한 걸음 떼어놓자 두 손을 가지런히 모으고 지켜보던 우리 엄마 입에서 탄성이 터져 나왔다.

"훤칠하구나, 우리 딸. 귀티 나고 보배 같고…… 너는 나의 자랑이 아니라 우리나라, 우리 민족의 자랑이다. 너무 예뻐!"

나라가 나오고 민족이 나와서 나는 거의 까무러칠 것처럼 웃어댔다. 웃음보를 너무 심하게 터뜨려서 하마터면 모든 걸 망칠 뻔했다. 고슴도치도 자기 새끼가 예쁘다는데 우리 엄마라고 안 그러겠냐고 생각할는지도 모른다. 하지만 언제나 나를 쥐어뜯기만 하던 내 동생 영찬이까지 "와! 포스 끝내준다. 좋은데?" 하면서 엄지손가락을 치켜든 걸 보면 오늘 내가 특별해 보이기는 한가 보다. 규원이도 옆에서 거들었지만 좀 이상하게 거들었다.

"옷이 좋으니까."

"나는?"

그렇게 옆구리를 찔렀더니 한다는 말이 이랬다.

"오늘의 주인공은 아무래도 전통 의상인 것 같아."

예쁜 건 옷이지 나는 아니라는 뜻인가. 내가 옷은 아니지만 이미 내 몸에 착용해버리지 않았나. 내 몸에 걸쳐져 나로 체화되어버린 전통 의상, 그것은 내가 아닌 걸까. 나에게서 전통 의상만을 쏙 빼버린 그것만이 나인가.

나는 너무나 섭섭해서

"용미 얘는 왜 이렇게 안 와?"

하면서 짜증을 냈다. 그러고는 몰래 규원이를 흘겨보았다. 순간 멋진 복수의 방법이 떠올랐다. 들이대기 딱 좋은 타이밍이 아닌가 싶었다.

"규원아, 너 기왕 카메라 들고 나선 거니까. 내 뒤에서 땅에 끌리는 옷도 좀 잡아줘. 안 그러면 먼지나 흙이 묻어서 더러워질 거야. 놋다리 공주가 꼬질꼬질한 옷 입고 있으면 너무 허접하잖아. 그렇게 해줄 수 있어?"

"알았어. 그냥 이렇게 잡기만 하면 되는 거지?"

"그래, 너 진짜 잘한다."

나는 낄낄거리면서 집을 나섰다. 나중에 탄천으로 바로 오기로 한 엄마와 이모, 영찬이는 자동차가 있는 곳까지 배웅 나왔다.

아, 그런데 이게 웬 복병인가.

하필이면 그때, 5분 전도 아니고 5분 후도 아닌 그때, 내가 멋진 공주 옷을 차려입고 내려가 도도한 자세로 자동차에 막 올라타려고 하는데 음식물 쓰레기 버리러 나온 아줌마와 눈이 딱 마주쳤지 뭔

가. 순간 난 쫄고 말았다. 마음은 공주도 시녀도 아닌, 무수리로 내려앉았다.

"네가 살려고 내 아들을 깎아내린 거구나?"

아줌마가 그렇게 화를 냈었기 때문만은 아니다. 규원이가 바로 지금 현재, 내 옷자락을 잡고 있다는 사실이 마음에 걸렸기 때문이다. '그냥 놔! 땅에 내려 놔!' 아무리 그렇게 눈치를 줘도 이 풋내기 사진작가께서는 알아들었는지 아닌지 계속 끌리는 옷자락을 손에 쥔 채 내려놓지 않았다. 아니나 다를까. 아줌마의 눈동자가 빗물을 털어내는 윈도 블러시처럼 180도 왔다 갔다 하더니 곧 내가 서 있는 곳까지 다가왔다. 손에 냄새 나는 쓰레기 그릇을 그대로 든 채였다.

"공주가 공주 됐네."

다른 날 다른 장소에서였다면 진짜 유머러스한 말이었을 것이다. 아줌마의 표현은 너무나 사실적인 것이었기 때문이다.

"그래, 다녀와. 얼른 타."

잘 나녀오라는 사람의 표정치고는 몹시 뚱했다. 나는 안 숙여지는 허리를 까딱 하고는 얼른 차 안으로 들어갔다. 거의 뺑소니 수준이었다. 규원이가 내 옷자락을 차 안으로 거두어들이고 나자 아줌마가 규원이를 저만치 끌고 갔다.

"넌 속도 없니?"

부주의할 만큼 커다란 목소리가 들리면서 아줌마가 규원이의 팔뚝을 꼬집어 뜯었다. 아줌마는 나 들으라고 일부러 크게 말한 것 같았다. 반대쪽을 돌아봤더니 맙소사, 우리 엄마는 이미 줄행랑치고 없다.

'엄마 맞아?'

진짜 황당했다. 눈물이 다 나려고 했다. 이런 경우 아무리 입장이 곤란해도 엄마가 앞서서 궂은일을 해결해줘야 하는 게 아닐까. 내가 정글에 내던져진 새끼 고양이 같다.

다른 식으로 생각하면 엽기가 아닐 수 없다. 지금까지 엄마와 아줌마는 서로에게 아무리 화가 나도 애교와 코믹과 느끼한 방법을 섞어 써가면서 결국은 화해에 이르렀다. 마치 자매끼리 형제끼리 싸운 것처럼. 그게 각자의 삶에 도움을 주었기 때문이다.

그런데 이번에는 달라도 너무 다르다. 이유는 분명하다. 내가 했던 말에 포함도 되지 않았던 것, 일말의 가능성조차 없는 그것, 바로 임신 가능성 어쩌고 하는 것 때문이다. 엄마와 아줌마 둘 다 생각이 그 부분에 닿자 서로가 징그러워진 모양이다. 너무 오글거려서 아주 몸서리를 치는 것 같다. 이러니 대한민국 중고딩 중에 누가 자신의 이성 문제를 부모에게 털어놓으려고 하겠는가.

"진짜 짜증나!"

그때 규원이 목소리가 들렸다.

"다녀올게요."

규원이는 앞자리에 올라탔다. 나는 내려진 창문을 통해 아줌마한테 다시 눈인사를 건넸다. 아줌마의 얼굴에 웃음 같기도 하고 울음 같기도 한 미소가 떠올랐는데 나는 그것이 자기 자식을 자기 맘대로 못하는 엄마의 고통인 거라고 내 맘대로 단정해버렸다. 아마도 먼 훗날 용미나 진아의 모습이 딱 저럴 것 같다. 난 절대 그러지 말아야지.

"공주님, 어디로 모실까요? 가마가 없어서 대신 구루마를 대령했습니다요, 헤헤헤……"

아빠는 역시 분위기 파악이 안 되는 사람이다. 하나도 안 웃겼다. 나는 아무 말도 하지 않았다.

꽃씨, 후—

"와 예쁘다!"

"저거 영주 맞아?"

"공주가 좋긴 좋구나."

처음에는 분명히 그런 식이었다. 나는 미소를 감춘 채 고개를 빳빳이 치켜들었다. 오늘은 실컷 잘난 척해도 되는 날이다. 합법적으로 보장이 된 거나 마찬가지다.

그런데 잠시 후 못된 내 친구들의 멘트가 달라졌다.

"화장빨 끝내준다."

"옷이 공주를 만드는구나."

"키가 너무 커서 선머슴 같아. 쟤 저러다가 금방이라도 옷 훌훌 벗어 던지고 힙합 추면서 나댈 것 같지 않니?"

"나도 진짜 조마조마해."

아우! 잔칫집에 재를 뿌려도 정도가 있지. 그래 놓고 사진은 왜 찍자는 건지. 내 친구들, 다른 반 애들, 모르는 애들, 숱한 꼬맹이들, 아는 어른, 모르는 어른들과 웃으면서 사진 찍어주느라 내 얼굴이 완전히 비틀어질 지경이다.

"딱 한 판만 더!"

그런 요구 때문에 규원이가 고생이다. 나중에 사진 값은 꼭 받아내라고 해야지.

행사 시간이 임박하자 거짓말 안 하고 사람들이 구름 떼처럼 몰려든다. 늦는 것은 오히려 아이들일 것 같았다. 놋다리 역할을 맡은 소녀단 말이다.

잔디밭에는 임시로 조각공원이 만들어졌는데 꼬맹이들을 데려온 가족들은 주로 그쪽으로 갔다. 전통적인 색을 띤 조각이 있는가 하면 SF를 연상시키는 최신식 버전도 많았다. 뭔가 이야기를 떠올리는 조각들의 공통점은 그 안에 반드시 의자가 있다는 것이다. 아이들이 그 의자에 앉아 사신을 씌으면 이야기는 또 다른 이야기를 드러내며 풍성해진다.

허수아비 전시회도 인기가 많았다. 수백 개가 나란히 자전거 길을 장식하고 있지만 표정과 의상이 제각기 달랐다. 허수아비 동호회에서 만든 거라고 했다. 그런 동호회도 다 있다니. 행사를 위해 부랴부랴 만든 줄 알았는데.

저만치서 애들이 옷을 입고 있는 게 보인다. 일회용 검정 치마와 흰 저고리인데 순 싸구려 나일론으로 만든 것이다. 공주 옷과는 완전 비교가 되어 내가 괜히 미안해진다.

애들은 그 옷을 티셔츠와 바지 위에다 아무렇게나 걸쳤다. 보기는 좀 흉하지만 뭐 어떻게 하겠는가. 싸구려 옷을 걸치고도 공주가 지나가도록 기꺼이 다리 역할을 하겠다는 그 자체가 고마운 일이기만 한 걸.

행사 진행을 맡은 공무원 언니가 인간 돌다리를 줄 세우기 시작하면서 주위가 번잡스러워졌다. 여기저기서 의사소통을 위해 소리를 질러대고 마이크가 삑삑거린다.

그때 내 주변을 돌면서 사진을 찍던 규원이가 갑자기 휴대전화를 내밀었다. 내 것이었다.

"태은이야, 받을래?"

"태은이?"

"너랑 통화하고 싶대."

"이리 줘!"

나는 다급하게 전화기를 받아들었다. 하지만 소매가 너무 길어서 얼굴 화장이 자꾸 묻어나는 바람에 옆에 있던 용미가 전화기를 내 귀에 대주었다. 나는 "여보세요?" 하면서 태은이를 불렀다. 그랬더니 요 여섯번째 손가락이 다짜고짜 이렇게 말하는 게 아닌가.

"너, 규원이랑 키스는 했니?"

"헐!"

그토록 시끄러운 주변 상황이었음에도 그 말이 귀에 콕 들어와 박혔다. 갑자기 얼굴로 열이 몰려들면서 정신이 산만해졌다. 옆에 있었다면 콱 꼬집어주었을 것이다.

"그게 궁금해서 전화한 거야?"

"대답은 하지 마라."

태은이가 말했다.

"그건 또 왜?"

"궁금한 게 하나라도 남아 있어야 살고 싶은 생각이 들지. 암튼 나 한 시간 후에 수술 들어간다. 1박 2일은 걸릴 모양이야."

"진짜? 어, 어떡해?"

나도 모르게 내 목소리에서 울먹임이 새어 나왔다. 화장 때문에 울면 큰일 나는데, 씨이!

"괜찮아, 다 잘될 거니까. 너도 그렇게 믿지?"

그건 태은이가 한 말이다. 혼자 북 치고 장구 치는 격이었다. 아닌 게 아니라 목소리가 편안하게 느껴졌다. 다행이었다. 하느님……부처님…… 저 위에 그런 분들이 있는 게 사실이라면 겨우 열일곱 살에 불과한 우리 태은이, 태어나서 키스도 한번 못 해본 여자애한테 가혹한 짓이야 하겠는가. 그러기만 해봐라. 내가 가만두나.

나는 눈으로 몰려든 뜨거운 기운을 가라앉히기 위해 고개를 들고 주변을 둘러보았다. 저만치로 아이들이 줄을 서서 강으로 내려가는 게 보였다. 놋다리밟기를 한다고 해서 양말 벗고 물에 들어가는 것은 아니다. 강에는 임시다리처럼 편편하게 판자가 깔려 있었다. 아이들은 그 위에 줄을 섰다.

내가 용기가 될 만한 위로의 말을 건네려고 전화기 스피커에 입을 대며 머리를 다시 숙였을 때였다. 태은이가 먼저 말했다.

"살아야겠다는 생각이 들어, 너 때문에."

"나 때문에?"

"그래, 너 때문에."

"그게 왜 나 때문이야, 너 자신을 위한 거지."

"너한테 받아야 할 게 있는데 못 받은 게 있거든."

"뭔데?"

"답장."

"다, 답장?"

나는 화르락 놀라며 긴장했다. 찔리는 게 있었기 때문이다.

"지난번 편지…… 수술 앞두고 어렵게 썼던 건데 답장도 안 하고……."

"야, 그, 그건……."

"넌 뭐든 다 갖췄으면서 나한테 어쩜 그렇게 무심하니?"

"미, 미안해."

"나 꼭 살아서 너한테 답장 받아내고 말 거야."

"그, 그래, 쓸게. 쓰면 되잖아. 그렇지만 그게 어떻게 된 거냐

하면 말이지……"

"됐어!"

내가 뭐라고 변명하기도 전에 태은이가 댕강 말을 잘랐다. 사실 주저리주저리 앞뒤를 설명하기도 어려운 상황이었다. 나는 답답해서 애꿎은 내 가슴만 탁, 탁, 때렸다. 태은이가 말했다.

"난 솔직히 너만 잘되는 거 싫어. 규원이하고 잘 되는 것도 그렇고. 막 질투 나고 심술부리고 싶고 그래. 하지만 오늘 너 공주 되는 거, 그건 내가 부러운 게 아니니까 축하해줄게. 고맙지?"

"칫! 더럽게 고맙다."

나는 옆에 있던 사람들이 다 들을 수 있을 만큼 큰 소리로 외쳤다.

"눈물 나게 고맙다, 진짜!"

그때 불현듯 '이게 태은이와 마지막 통화면 어떡하지?' 하는 두려움이 찾아들었다. 나한테도 감옥 비슷한 게 생기는 거 아닐까. 안 될 말이었다. 태은이를 붙잡아야겠다는 생각이 들었다. 내 경험으로 보아 사람을 붙잡는 것으로는 발목을 껴안고 늘어지는 게 최고다. 하지만 규원이처럼은 싫다. 내게는 나만의 방법이 있다.

"너 수술 잘돼서 심장 튼튼해지면 그때 멋지게 한판 붙자. 완전 깔아뭉갤 거야. 인정사정 안 봐줄 거라고, 알아들었어?"

"오케이. 그럼, 몸조심해라. 물에 빠지지 말고."

그러더니 말도 없이 전화가 끊겼다. 아우 웬수! 뭔가 못다 한 말이 많아서 나는 용미가 거두어들인 전화기를 자꾸만 쳐다보았다.

'우리가 이렇게 이별해도 되나?' 하는 생각과 '절대 그럴 리 없어!'라는 말이 서로 어지럽게 싸우면서 입안에 오래 맴돌았다.

시녀들이 자세를 잡는 순간 공무원 언니가 나더러 시작하라고 했다.

한 발짝씩 걸음을 떼자 여기저기서 박수 소리가 터져 나왔다. 마음속에 얹힌 무거움도 조금 덜어졌다.

사람들이 집중하는 게 느껴졌다. 나에게도 집중력이 필요한 순간이었다.

용미가 잡고 있던 치마를 바닥에 내려놓았다. 그런데 허리를 구부린 인간 다리들 앞에 이르자 갑자기 겁이 났다. 내가 올라서야 할 그곳이 너무 높아 보였다. 그 옛날 공주님께서도 마냥 좋지만은 않았을 것 같다.

거기다 반들반들 윤이 나는 허술한 나일론 저고리는 위험해 보이기까지 했다. 거기에 비해 버선 신은 내 발은 얼마나 부자연스러운가. 버선과 나일론 저고리는 왠지 서로를 미끄러뜨릴 것 같다. 물에 빠질 수도 있다는 게 빈말이 아니었다. 까딱하면 개망신당할 것 같다.

"자 갑니다!"

그 신호를 계기로 음악 소리가 울려 퍼졌다. 띵가당띵가띵띵가가강…… 가야금 소리였다. 처음에는 이상했으나 의외로 궁합이 맞는 것 같다.

나는 시녀들의 손을 잡았다. 거기에 매달려 겨우 첫번째 아이 등으로 오른발을 올려놓았다. 비틀거리고 기우뚱거리고…… 장난이 아니다. 인라인스케이트를 처음 탈 때 균형 잡기 어려웠던 그것보다 더 난처한 상황이었다.

그때 첫번째 인간 다리의 등 상태가 발바닥을 통해 자세히 감지되었다. 마치 쉬지 않고 뛰는 심장처럼 등뼈 역시 한순간도 가만히 있지 않았다. 꿈틀꿈틀 울렁울렁 삐걱삐걱 알랑알랑 미끄덩미끄덩…… 누군지 이렇게 살이 없는 걸 보면 밥을 더 먹어야겠다. 내가 흔들리자 다리도 흔들렸다. 나의 몸이 오른쪽으로 쏠리면 다리는 그것을 잡아주기 위해 왼편으로 움직이고 내가 왼쪽에서 휘청거리면 다리는 재빨리 오른쪽으로 출렁거렸다. "아!" 하니까 "어!" 한다는 식의 맞장구와 비슷하다. 이거 놋다리밟기 맞아?

'못할 것 같아!'

하마터면 소리를 지를 뻔했다. 이럴 줄 알았으면 영찬이를 데리고 연습이라도 할걸 그랬다. 하긴, 어려서 아빠가 길게 엎드린 상태에서 등을 밟아날래도 몸은 쉼 없이 휘청거렸다. 아무리 밟아도 마찬가지였다.

지금 내게 온 것은 기다리고 기다리던 기회였다. 나는 공주가 되었고 으스대며 걸어가기만 해도 폼이 난다. 그런데 기껏 걷는 것이 힘들어서 당황하고 마음을 졸여야 하다니. 공주의 우아함, 품위는 고사하고 넘어질 때를 대비하느라 다리를 흉하게 벌린 채 엉거주춤

서서 아래만 내려다보고 있는 꼬락서니라니. 공무원들은 이런 일을 예상치 못했나. 아니면 내가 특별히 잘 안 되는 걸까.

앞을 봤더니 눈앞이 깜깜하다. 저기까지 언제 건너가나. 갈 수는 있을까. 그런 생각을 하며 마음이 흔들리자 돌다리도 중심을 놓친다. 순간 '이게 바로 리얼이다!' 하는 생각이 들었다. 각본은 있지만 그것과는 다른 길을 나는 지금 가고 있다. 무엇보다 나는 사람을 밟고 있었다. 그런데도 한몸처럼 움직이고 서로 협력해야 한다. 밟히고 밟는 것, 밟고 밟히는 것의 하나됨…… 이게 뭐지? 이래도 되나?

지금 혹시 꿈을 꾸는 건 아닐까?

그때 옆에서 함께 걷던 공무원 언니가 외쳤다.

"진짜 돌다리라고 생각해. 사람이라고 생각하면 넘어진다."

이런 상황에서는 별 도움이 안 되는 하나 마나 한 소리였다. 위기에 처한 게 공무원 탓이기라도 한 것처럼 나는 계속 "우이 씨!" 하면서 투덜거렸다.

"왜 그렇게 못 걸어. 돌이라고 생각하고 움직이라니까. 밑에 있는 돌다리들도 제발 돌처럼 잘 좀 해봐. 다들 정신 차려!"

그때 완전히 휘청, 거의 넘어진 것을, 시녀들이 시녀가 아니라 유치원 보모처럼 팔을 걸고 나서 겨우 나를 바로 세웠다. 나는 울고 싶었다. 공무원의 비난이 바로 날아들었다.

"사람이 아니라 돌이라니까. 너 연기 몰라? 연기를 해야지, 왜 자꾸 돌이 아니라 사람을 밟고 건너가는 것처럼 바보같이 구냐고!"

헐! 저 공무원 이상한 사람 아냐? 내가 밟고 있는 게 살아서 꿈틀거리는 사람이라는 건 물속의 붕어들도 다 아는 사실인데 어디서 남의 눈을 가리려고 해? 생각 같아서는 다 팽개치고 뛰어 내려가 집으로 가버리고 싶지만 나는 참는다. 사실 눈도 돌리기 어려운 형편이었다. 우월감을 뽐내고 예쁜 척 과시하고…… 그런 건 그냥 상상에 불과한 터무니없고 하찮은 영화 속 이야기였다. 결정적인 것은 언제나 현실이며 새롭게 도래한 순간이다. 나는 그 앞에서 속수무책인 바보였다. 심지어 어디서 누가 어떻게 사진을 찍고 있는지도 눈여겨볼 수 없었다. 그저 시녀 애의 손목 힘에 의지해 겨우 한 발짝씩 내딛고 있는 거였다.

엉거주춤은 그만하자고 하면서 다시 한 번 호흡을 가다듬고 발걸음을 떼어보았다. 몸의 긴장을 풀어야만 편안해진다는 것이 겨우 터득된 참이었다. 내가 긴장하면 그것을 받아야 하는 돌다리도 덩달아 긴장하고 내가 편안하면 돌다리도 편안해한다. 편안하지 않은 돌다리는 곧 편안하지 않은 나이고 긴장한 나는 긴장한 돌다리인 것이다. 그것은 마치 아빠 엄마의 관계와 같았다. 아줌마와 엄마도 그렇다. 나와 규원이, 나와 태은이 관계도 그런 식이다.

"살아야겠다는 생각이 들어, 너 때문에."

태은이가 무슨 의도로 말했든 사실은 그게 '우리'에 대한 참다운 정의가 아닐까. 규원이를 위해 태은이가 살아야 하는 것처럼 내가 살기 위해서는 태은이가 필요하다. 서로 어깨를 기대어 함께 가지 않으면 우리는 결국 버티지 못할 것이다. 그러니 태은이 너는 꼭 살아야 한다.

겨우 고개를 들어 전방을 보았으나 발걸음은 다시 힘겨워졌다. 돌다리 하나가 특히 편하지 않았기 때문이다. 너무 빼빼 마른 애였던 것 같다.

그렇게 일곱번째, 여덟번째 돌다리에 이르자 좀 정신이 돌아왔다. 자세도 좋아진 것 같다. 처음 운전하는 아줌마 같은 폼에서 벗어나 품위 있는 공주의 모습을 서서히 회복해가는 중이다. 발바닥을 통해 감지되는 내 또래 아이들의 등짝, 그 등짝의 상태를 예민하게 감지해 나를 거기에 맞추어가면서 그것이 가능해진 것이다. 그리하여 애들은 진짜 돌다리가 되고 나는 그것을 건너가는 공주가 된다. 다음 다리, 그다음 다리도 편하게 느껴졌다. 신기하고 경이롭고…… 아무 생각도 안 났다.

그러고 보면 오늘 놋다리밟기의 주인공은 내 얼굴도 아니고 내 이름도 아닌, 오직 나의 발바닥이다. 가장 기민하게 살아 움직이는 것도 내 발바닥이다. 그저 여럿으로 이어진 인간 다리와 어떻게든 안전하게 그 다리를 건너려는 의지적인 순간과 그 순간에 대한 반응이 있을 뿐이다. 공주다운 품위를 유지하기 위해서는 약간의 산만함도 허용할 수 없으므로 나는 더 이상 규원이와 태은이의 친구로서의 내가 아니었다. 거기 그 애들이 있을 자리는 없다. 돌다리 아이들은 나를 떠받치고 나는 그 애들은 감당한다. 늦다리 위에서 일어난 일은 그것뿐이다. 단지 그것뿐이다.

적응이라는 단어가 불현듯 내 머리를 스치고 지나갔다. 아주 잠깐이지만 적응이라는 단어의 진정한 뜻을 알게 된 것 같았다.

인생에는 닥쳐봐야만 알게 되는 게 있다.

내일은 다 정해진 게 아니다.

그때였다.

"전방을 똑바로 봐야지, 무슨 생각하니? 정신 차려! 그러다 넘어져. 긴장을 늦추지 마. 발을 제대로 옮겨놓도록 해, 그래그래."

공무원 언니가 또다시 호흡을 끊고 들어왔다. 그 때문에 발바닥이 주인공인 순간은 아쉽게 끝나버렸다. 아우!

그러다가 내가 오늘 맡은 임무라는 것에 생각이 이르렀다. 나는 사람들이 사는 땅에다 꽃씨를 뿌리기 위해 대궐에서 나온 공주였다. 오로지 걷기만 하느라 과제를 잊고 있었다.

니는 자세를 가다듬었다.

꽃씨를 뿌리고 날리는 흉내를 낸다.

후—

오늘 나의 연기는 만점!

"멈춰!"

공무원 언니가 외쳤다. 3미터쯤 앞에서 여러 대의 카메라들이 산만하게 춤을 추고 있었다. 이곳이 소위 말해 포토라인쯤 되나 보다. 어느새 다리를 거의 다 건너온 것이다. 영원히 못 건널 줄 알았는데. 만세 만세 만만세다! 나는 생각을 감추고 마음을 단속하기 위해 다시 품위 있는 미소를 짓는다.

규원아! 보이니?

요염한 표정 말고 순수한 표정을 지어야 하는데 나 지금 되게 요염하지? 기분이 그래. 아, 난 도대체 왜 이런 거니?

카메라들이 그런 나를 마구마구 칭송해준다. 좋다! 예쁘네! 하면서.

나는 다시 꽃씨를 날린다.

후──, 후──

그러고 보면 놋다리 역할을 하는 애들이 진짜 훌륭한 것이다. 돈도 안 받고 기꺼이 허리를 숙이고 등을 내어주다니. 오직 나 하나를 위해서 말이다.

물론 나 역시 공주가 아니라 시녀였더라도 신나게 이 행사에 참여했을 것이다. 진짜로!

나는 더 많은 꽃씨를 뿌린다.

반짝반짝 황금빛 꽃씨들이 바람을 타고 어디론가 날아가는 게 내 눈에는 확실하게 보인다. 꽃씨를 따라 내 마음도 둥실둥실 바람을 탔다.

나는 나와 다르다

야자 시간이다.

나는 가끔 일어나서 반장다운 멘트를 날린다.

"거기 너, 왜 떠들어, 조용히 안 해?"

그때 태은이의 빈자리가 눈에 들어왔다. 곧 돌아온다고 했다. 수술은 잘되었는지 못되었는지 내 눈으로 직접 확인해봐야 안다. 태은이는 분명 잘되었다고 했으나 소문은 후유증이 있다고 났다. 어쨌거나 경쟁자가 학교로 돌아온다니 잘된 거다. 갑자기 살맛이 난다.

언제나 그렇듯이 8시 반쯤 되면 교실은 거의 파장된 장터 같다. 오늘처럼 감독 선생님이 없으면 더하다. 아무리 위협하고 이름을 적어도 안 된다. 공부하기 싫으면 잠이나 자든가 집으로 가면 되는데 그것도 맘대로 못한다. 일주일에 야자는 세 번만 해도 되는 것으로 정해졌으나 주5일을 그냥 생으로 버티는 애들일수록 공부를 안 한다. 자유라는 건 그만큼 어렵다. 뺏으려고 하면 대들고, 주면 감당을 못한다. 우리 반에도 많다, 그런 애들.

"너 방범 서는 경비 같아."

"이게 그냥 콱!"

하여간 별명 하나도 여간해서 통일이 안 된다. 놋다리공주를 하고 났는데도 아무도 나를 공주 대접하지 않는다. 까딱하다가는 방범 경비라는 별명만 추가되게 생겼다. 세상에는 맘대로 안 되는 일이 왜 이렇게 많나.

하지만 내가 원하는 수식어가 내 이름 뒤에 붙는 것, 그걸 포기하기는 이르다. 졸업은 아직 멀었다. 이제 겨우 시작인 것이다. 더구나 나는 반장이 아니던가. 날아가는 새를 떨어뜨릴 수는 없어도 내 이름 뒤에 붙을 수식어 정도는 어떻게 할 수 있다고 본다. 나는 그만한 능력이 충분하다.

나는 문제아들 서너 명에게 서슴없이 위협을 가하며 돌아다니다가 규원이 자리를 슬쩍 엿보았다. 아까 내 자리에서 다 봤는데, 사실은 그래서 한 바퀴 돌고 있는 건데, 어느새 숨기고 없다. 사진 말이다.

놋다리를 건너가는 나의 공주 모습 사진.

주머니에도 책상 속에도 책 속에도 없는 것 같다. 어디다 숨겼지?

할 수 없이 내 자리로 돌아와 인강을 계속 돌렸다. PMP는 용미 것이다. 앞으로 3년 쓰고 영찬이도 써야 하니까 하나 사주면 안 되냐고 하니까 엄마가 이렇게 말했다.

"그거 사려면 대출 받아야 한다."

"이십만 원이면 산다는데 대출은 무슨 대출이야."

그렇게 짜증을 내도 안 되니까 치사하고 더러워서 그냥 빌려 보는 거다. 분명히 영찬이 때는 사줄 것 같다. 그러기만 해봐라.

용미 그게 고분고분하지는 않아도 결국은 내가 부탁하는 건 웬만큼 들어준다. 그래서 같이 다니는 거다.

그때 뒷문을 통해 밖으로 나가는 규원이가 보인다. 화장실 가는 것 같았다. 나는 재빨리 규원이 자리로 가서 가방이고 책상이고 후다닥 뒤진다.

"어디 갔지?"

애들 눈치 볼 필요는 없다. 내가 규원이 자리 뒤지는 걸 봐도 다들 그러려니 한다. 물론 "쟤 좀 봐!"라거나 "쩔어!" 하는 애는 있다. 그긴 피장파장이다. 나도 그 애들이 쩔어 보일 때가 있는 섯이다. 규원이랑 똑같은 것들! 나보다는 내 사진을 더 좋아하는 이상한 족속들!

"얘, 우리 반이잖아, 예쁘긴 한데 진짜 쩔어!"

애들은 다른 학교 애들 만나면 그렇게 자랑하기 위해 내 사진을 챙긴다. 나는 사진하고 싸우는 중이다. 내 얼굴이 찍힌 사진과 치르는 전쟁이라니. 내 얼굴을 질투해야 하다니. 한마디로 공주 대접 받는 것은 사진이지 내가 아니다.

얼마 전 일이다.

규원이가 찍은 사진을 보여주겠다며 담임이 컴퓨터를 켰다. 곧 교실 모니터에 늦다리밟기하는 내 모습이 나타났다. 뻔한 아우성과 소란이 지나가고 난 뒤 담임이 말했다.

"영주는 영주와 많이 다르네."

헐! 하지만 맞는 소리였다. 정말이지 나와 내가 얼마나 다른지……

내가 내 사진을 경쟁자 취급하게 된 건 그때부터다.

사진을 발견하면 나는 즉시 빼앗아 거두어들인다. 집에 가면 내 책상 서랍 속에 빼앗은 사진이 한가득이다. 그런데도 어디서 자꾸 나오는지 아주 신경 쓰여 못살겠다. 특히 규원이가 황홀에 취한 멍한 눈으로 그것을 들여다보며 그것과 연애하고 그것과 대화하고 사랑에 빠지는 건 진짜 못 봐주겠다. 꼴불견이다. 진짜인 나, 사진이 아닌 실물의 내가 바로 여기 있는데 그런 나는 홀대하면서 가짜인 사진더러 손잡자고 하고 같이 놀자고 하다니. 수업 시간에도 그러고 야자 시간에도 그런다. 영락없는 사이코다. 나를 내 사진의 반의 반만이라도 생각해주면 안 되는 걸까. 아우라는 복사품에는 존재하지 않는다고 책에도 나와 있다던데 뭐가 좋다고 그 난리들인지 정말 이해가 안 간다.

드디어 발견!

전자 사전 케이스 속에 있었다. 기발하다. 여기에 숨길 생각을
다 하다니.

또 한 장 압수.

"야, 내놔. 내 거야."

어느새 돌아온 규원이가 사진을 빼앗으려고 나를 몰아세웠다.

집으로 돌아가는 길에서도 내놓으라고 계속 졸랐다.

"내 사진인데 그게 어떻게 네 거니? 넌 초상권 침해라는 말도 못
들어봤어?"

"내가 찍은 거고 내가 내 돈 주고 뺀 사진이야, 내놔."

"절대 안 돼. 이 사진들 때문에 나의 가치가 바닥으로 떨어지는
것 같단 말이야. 희소가치라는 말이 왜 있는 건지 공주가 되고 난
뒤에 비로소 알았다니까."

"내놓으라고."

아예 내 가방을 빼앗으려고 나를 뱅뱅 돈다. 돌면서 걸어간다.

"와, 포장마차다!"

사진은 사진이고 믹는 거는 믹는 거. 오뎅 파는 포장마차 앞에
이르자 발걸음이 저절로 멈추어졌다. 우리는 꼬치 하나씩을 집어
들었다.

"규원이 너, 나야 아니면 내 사진이야? 노선을 분명히 해."

"네가 사진이고 사진이 바로 넌데 왜 맨날 말도 안 되는 행패야?"

"행패라고라고라."

“행패지 그럼. 네가 뭔데 내 사진을 빼앗느냐고.”

“네 사진? 사진이 바로 나라고 하더니, 이번에는 또 네 사진이냐? 너 언제부터 이렇게 모순투성이가 되었어?”

“뭐가 모순투성이야? 정확히 말해줄까? 그 사진은 너고 또한 내가 돈 주고 뽑은 내 것이기도 해.”

“그러니까 왜 나인 것이 너이기도 하냐고? 나면 나고 너면 너인 거지 나이기도 하고 너이기도 한 건 또 뭐냔 말이다. 돈을 주고 사진을 가졌기 때문이라는 뜻이야? 한 장에 달랑 몇백 원인 그 돈 때문에 내가 너이기도 하게 된 거냐?”

“진짜 답답하다. 그래, 그럼 다시 설명해줄게. 난 삼백 원에 너의 이미지를 너 대신 가진 거야.”

“나 송영주가 사진 값 삼백 원에 네 것이 되었단 말이야? 아니, 돈 삼백 원에 성남시에 사는 많은 사람들의 것이 되었단 말이니?”

“얼추 그래.”

“그게 뭐야, 사진은 송영주고 송영주가 사진이라며? 나는 원하지도 않는데 왜 나를 맘대로들 가져가는 거야? 정작 나한테는 관심도 없으면서. 진짜 이해가 안 간다.”

“그냥 ‘내가 좀 이해력이 부족하구나’ 이렇게 생각하라니까.”

“죽을래? 암튼 기분 나빠. 네가 나보다 내 사진을 더 좋아하는 것 같아서. 만약 사람들이 너네 엄마보다 너네 엄마가 책에 해준 사인을 더 좋아한다면 기분 나쁠 것 같지 않아? 아마도 아줌마는 아줌마의 사인보다는 아줌마 자신이 더 사랑받길 바라실 거야. 안 그래?”

“너의 사진을 좋아하는 건 바로 널 좋아하는 것이고 우리 엄마 사인을 좋아하는 건 바로 우리 엄마를 좋아하는 거야. 넌 못 믿는 모양이지만 난 그렇게 생각해.”

“모르겠어. 도대체 우리가 서로 나누고 있는 게 뭐라는 거야? 하물며 그 사진 값 삼백 원조차 나는 가진 적이 없어. 난 완전히 따돌려졌다고.”

“그냥 오뎅이나 먹어.”

“너야말로 오뎅이나 먹어.”

아, 웬수! 나는 주먹을 치켜들지만 뭐 별수가 있는 것은 아니다. 말이 새는 걸 느끼는 이 기분이라니. 물이 새고 비가 새는 것처럼 말도 가끔 샐 때가 있다. 내게서 출발한 말이 규원이한테 도착하지 못하는 것이다. 그 말은 어디로 갔나. 오뎅 국물 속으로 들어가버렸나. 엄마는 영찬이와 내가 학원을 다니고도 성적이 안 나오면 이렇게 말한다.

“나는 돈을 지불했는데 그 돈은 너한테 도착하지도 못했구나.”

그러면서 “내 돈 어디 갔냐?”며 막 두리번거린다.

지금 내 기분이 그렇다.

밑 빠진 독에 물 붓기!

딱 그거다. 말을 하면 한 만큼, 돈을 쓰면 쓴 만큼 서로에게 피가 되고 살이 되어야 하는데 그것들은 어디론가 그냥 새버린다.

아무리 떠들어도 소용이 없다.

우리는 다시 열나게 오뎅을 입안으로 집어넣었다. 아무리 먹어도 맛있다. 어쩌면 이렇게 맛이 좋은 걸까.

그러다가 아줌마 얘기가 나왔다. 먼저 꺼낸 것은 규원이였다. 또 사탕으로 맞았나 했더니 그건 아니었다. 이번에는 창작을 향해 가고 있는 아줌마의 상념을 방해했다는 이유로 부엌에서 썰고 있던 당근 자투리가 날아왔단다.

"그래서 맞았어?"

"잽싸게 피했지. 단련이 되다 보니 내공도 생기더라."

그 모습이 연상이 되어 나는 마구 킬킬거렸다.

"원래 성격이 그런 거야."

그러면서 규원이는 내가 당한 일을 두고 위로인지 사과인지 모를 소리를 했다. 효과가 아주 없지는 않았다. 얼마 전에 당했던 일들에 대해 마음이 좀 풀어지는 느낌이었다. 다시 겁이 없어져 가는 것 같다고나 할까.

계산을 하고 집을 향해 걸어가면서 나는 물었다.

"그럼 너 내 편이냐?"

"난 그냥 내 편인데."

끝까지 인색하게 나오네. 아마 나를 자꾸 안달하게 만들 요량인 것 같다. 은근하게 약은 자식!

그때 옆으로 배달 오토바이가 위협적인 소리를 내며 지나갔다. 한밤중에 웬 배달? 하면서 잽싸게 몸을 피하느라 약간 으슥한 곳으로 밀려났다. 오토바이에 치이기라도 할 줄 알았는지 어느새 규원이가 내 손을 꼭 잡고 있었다. 때는 지금이다 싶었던 걸까. 기분이 싱숭생숭해지면서 통제 불능인 내 입이 또다시 주책스러운 소리를 늘어놓았다.

"그럼 우리 저기 가서 뽀뽀나 한번 할래?"

아무래도 내 몸에는 이미 성적인 프로그램이 입력되어버렸나 보다. 규원이가 규원이로만 보이지 않으니 말이다. 다행인지 불행인지 규원이가 곧바로 퇴짜를 놓았다.

"안 돼, 이번에 너무 데어서 나는 나에게 앞으로 십 년간 뽀뽀 금지령 내렸다. 그러니 꿈도 꾸지 마."

"알았어. 그럼 십 년 후에나 보자. 그동안 연습 많이 해서 키스 달인이 되어 있을게."

"키스 달인?"

"키스감옥에서 니의 키스 달인에 등극히는 거지."

"미쳤니? 누구랑 연습하겠다는 거야?"

"누구든."

그런 다음 나는 부리나케 705동 현관 안으로 도망쳤다.

"너 죽었어! 거기 안 서?"

규원이가 소리쳤다. 하지만 제가 어쩔 것인가. 경비 아저씨가 부엉이 눈으로 다 보고 있는데. 엘리베이터 버튼을 누르고도 궁금증인지 아쉬움인지 알 수 없는 것이 남아서 나는 살며시 밖을 내다보았다. 규원이는 보이지 않았다. 대신 704동에서 나온 어떤 아줌마가 재활용 음식물통이 놓인 나무 아래로 바가지를 들고 가는 게 보였다. 혹시 규원이네 엄마일까 봐 번개처럼 숨었다. 헛소리한 걸 또 한 번 들키기라도 한다면 이번에는 진짜 쥐구멍을 찾아야 한다. 볕 들 날이라고는 영원히 오지 않을 감옥 같은 쥐구멍 말이다.

어깨나 등이 아파서 한 번쯤은 해봤을지도 모르겠다. 예닐곱 살 아이더러 등 좀 밟아보라고 하는 것 말이다. 사내애보다는 여자애가 낫다. 사내애는 등에 발을 올려놓더라도 사냥하듯이 싯밟으며 끊임없이 한눈을 파는 데 반해 여자애들은 죽겠다고 소리 지르는 어른들의 비명에 반응할 줄 안다. 발끝으로 상대의 몸 상태를 예민하게 감지해 자신을 거기에 맞추는 것이다. 부모 자식 사이라면 더 없이 좋다. 대화가 많을수록 등은 시원해진다.

거기까지 경험해보면 안다. 누가 위이고 누가 아래이며, 누가 밟고 누가 밟히는 것인지 분간하기 어렵다는 것을. 밟는 사람이 긴장하면 밟히는 사람도 덩달아 긴장하고 밟히는 사람이 편안하면 밟는 사람도 편안해한다. 가장 시원한 것은 밟는 사람과 밟히는 사람이 한몸처럼 같아지는 순간이다. 생각과 분별심을 잠시 몸 밖으로 외출시켜야 하는데 부러 애쓸 필요는 없다. 상대에게 집중하면 저절로 그렇게 된다.

이것을 인간관계에 그대로 적용할 수 있다면 얼마나 좋을까.

오래전 내가 다녔던 안동여고에서는 일 년에 한 번씩 놋다리밟기를 했다. 공주나 시녀에 뽑히면 멋진 옷을 차려 입고 또래 아이들 등을 밟으며 걸어갈 수 있는 것은 물론 두고두고 사람들 입에서 아름답게 회자되었다. 당시의 나는 공주였던 1년 선배의 사진 한 장을 슬쩍해서 밤이고 낮이고 들여다보았던 기억이 난다.

만약 2012년에 이와 같은 행사를 한다면?

우선 명칭부터 바뀌어야 할 거다. '놋다리워킹' 정도면 어떨까. 또 2012년의 공주는 왜, 무엇을 향해 '워킹'해야 할까.

이 이야기는 그와 같은 엉성한 가정에서 시작되었다. 3분의 1쯤 썼을 때 '키스감옥'이라는 돌발 사건이 솟구쳐 나왔고 그때부터 정말 신나고 행복한 시간을 보낼 수 있었다.

감옥이라는 게 뭔가.

그 안에 들어가면 내 마음대로 못 나오는 곳이다. 누가 풀어줘야만 자유로워질 수 있다.

마음의 감옥이라면 이야기가 다르다. 그건 누가 꺼내줄 수 있는 문제가 아니다. 넘어진 곳에서 우리는 스스로 털고 일어나지 않으면 안 된다.

이를테면 이것은 마음의 감옥에 관한 이야기다. 자신이 가진 하찮은 것들에 의미를 부여하지 않고서는 출옥(出獄)이 불가능하다. 스스로의 힘으로 일어나야 하지만 또한 서로를 격려하지 않으면 안된다. 감옥을 만드는 것도 거기서 나오는 것도 모두 우리 곁에 있는 그 사람을 향한 것이기 때문이다.

그러므로 출옥은 결국 '우리'라고 괄호 칠 수 있는 영역을 어디까지로 잡느냐의 문제와 연관된다. 이 소설의 주인공 영주와 태은이, 규원이가 나누고 있는 생각은 바로 이런 것들이다. 아예 없앤다면 좋겠지만 그것이 불가능하다면 우선은 '우리'의 범위를 넓히면 어떨까. 그러면 마음의 감옥이 출현해도 걱정할 필요가 없게 된다. 그곳은 핍박받는 곳이 아니라 다 함께 어울려 노는 장소가 될 테니 말이다. 이것은 믿어도 되는 이야기다. '키스감옥'에서 나와 스스로의 삶을 향해 '놋다리워킹'을 하는 세 주인공이 바로 증인들이다.

이 아이들이 세상 속 '우리'를 향해 어떻게 워킹하는지 궁금하다면 먼저 '키스감옥' 안으로 들어와 봐야 한다. 청소년 여러분들이라면 반드시 행복해할 거라고 믿는다.

이 소설이 현재의 모습을 갖추도록 힘써준 문지푸른책 편집팀에 진심으로 고맙다는 말을 전한다. 군데군데 큰 도움을 받았다.

2012년 겨울
분당에서 남상순